CW01510623

Le Hold-up
du siècle

François Roche
avec la collaboration de Victoria Renaux

Le Hold-up du siècle

Éditions du Seuil
27, rue Jacob, Paris VIᵉ

Ce livre est édité par Patrick Rotman

ISBN 2-02-038070-6

© Éditions du Seuil, novembre 1999

Introduction

C'est comme dans un hold-up de cinéma. Sauf que les bandits s'habillent à Savile Row, que les coffres sont grands ouverts, que les employés de la banque s'en fichent éperdument, que c'est le shérif qui conduit la voiture, que les clients regardent ailleurs et que le patron de la banque aura sa part. Ce film, c'est la Russie de cette fin de siècle.

En août dernier, le scandale éclate. Le *New York Times* révèle qu'une banque américaine respectable, la Bank of New York, institution vénérable et un brin conservatrice, a vu transiter dans ses livres de comptes, en provenance de Russie, quelque chose comme 10 à 15 milliards de dollars, environ 65 milliards de francs, un peu plus que le chiffre d'affaires annuel d'Air France, un peu moins que celui de L'Oréal. Le tout en quelques mois, essentiellement depuis la mi-1998, date à laquelle la Russie s'est déclarée en faillite. Les autorités américaines soupçonnent une gigantesque affaire de blanchiment, la plus importante jamais mise au jour, s'il se confirme que ces sommes proviennent d'activités illégales. Dans cette histoire, dont la presse internationale a fait ses choux gras, tous les personnages sont emblématiques de la période que vient de traverser la Russie depuis dix ans. On y rencontre une jeune Russe brillante, bardée de diplômes, née à Leningrad, mais émigrée aux États-Unis en 1979. Elle a fait une carrière éclair dans la banque de New York parce qu'elle parlait russe et développait les activités de la banque dans ce pays à une vitesse vertigineuse. On y croise un haut fonctionnaire, représentant la Russie au FMI, qui a rencontré la jeune « banquière » devant le siège du Fonds à Washington, l'a épousée quelques mois plus tard, puis est reparti à Moscou pour devenir vice-président d'une banque privée à la réputation sulfureuse. On y fait enfin la connaissance du « bandit », trafiquant supposé d'armes, de drogue et de filles, jamais inquiété par la justice, faisant d'incessantes navettes entre les États-Unis, la Grande-Bretagne, la Hongrie, Israël et la Russie. C'est le trio parfait : la jeune cadre douée et ambitieuse, le haut fonctionnaire dans les coulisses du pouvoir, l'homme de l'ombre brassant des milliards… La première apporte le soutien technique, le deuxième est au cœur du pouvoir économique et financier russe, le troisième a besoin de transformer de l'argent noir en argent blanc. Un précipité de la Russie des années 90, un théâtre d'ombres dont il est fascinant de parcourir les coulisses.

Sans récrire l'histoire de la Russie depuis vingt-cinq ans, on ne comprendrait rien à ce qui s'y passe aujourd'hui sans quelques repères. **1985** : Mikhaïl Gorbatchev arrive au pouvoir dans une Union soviétique à bout de souffle. Indécis, ballotté entre modernistes et conservateurs, il échoue dans sa tentative de réformer en profondeur les structures économiques et politiques de l'Union. A son crédit : la libération de la parole, l'ouverture démocratique, l'acceptation de la destruction du pouvoir communiste, la liberté laissée à Boris Eltsine de mettre la main sur le morceau de choix de l'empire, la République fédérale de Russie. **1991** : l'URSS disparaît, Gorbatchev quitte le pouvoir le 25 décembre dans l'indifférence générale, les « libéraux » décident de faire plonger la Russie dans l'économie de marché alors que le pays est en proie à un chaos économique indescriptible. **1998** : la Russie est en faillite, la monnaie s'effondre, le système financier s'écroule et, aux yeux des Russes, Eltsine est encore plus dévalué que le rouble. Quatorze ans de cauchemar pour ceux qui n'appartiennent pas au trio décrit plus haut, c'est-à-dire 90 % de la population.

Pourtant, parlez-en à n'importe quel économiste sérieux. Prenez ce pays aux dimensions d'un continent, l'un des plus riches du monde en ressources de toutes natures. Libérez-le de son carcan administratif et politique. Injectez des centaines de milliards de dollars d'argent frais. Privatisez les entreprises, libérez les marchés financiers, déréglementez les monopoles, attirez les investisseurs étrangers... En dix ans de ce traitement, la Russie aurait dû devenir prospère, si les théories et les modèles économiques ont un sens. Or elle est en quasi-faillite, incapable de faire face à ses dettes. Ses habitants n'ont jamais été aussi démunis. Près de 40 % de la population vit en dessous du seuil de pauvreté. L'appareil industriel, dans sa grande majorité, est dans le même état qu'au milieu des années 70, parfois pire encore.

Erreur de calcul, faillite des thèses libérales appliquées à un pays aussi singulier, comme certains économistes ont tenté de le soutenir ? C'est vrai en partie. Mais une triste réalité s'impose, qui n'a rien à voir avec les vices ou les vertus supposés du « marché ». Un pillage en règle, un hold-up à l'échelle d'une nation, une foire d'empoigne générale pour accaparer usines d'aluminium ou d'automobiles, puits de pétrole, mines de diamants et d'or, immeubles, palais et tout ce qu'il y avait à prendre... Une ruée sur les paradis fiscaux, un exil massif de capitaux (entre 140 et 200 milliards de dollars en une dizaine d'années), une course effrénée à l'enrichissement rapide de la part des anciens dirigeants soviétiques et de leurs héritiers, une apathie de l'État et de la représentation populaire en réalité complices du pillage, une union contre nature entre élites et mafieux. Telle est l'histoire de la Russie depuis la fin du communisme.

Certes, la corruption, la prévarication, l'appropriation des richesses par de petits groupes d'hommes et de familles, notamment dans les pays dits « émergents » d'Afrique ou d'Asie du Sud-Est, sont un phénomène marquant de l'histoire économique des cinquante dernières années. Pourquoi la Russie eût-elle dû faire exception à cette règle malheureuse ? Même au plus fort du régime communiste, de Staline à Brejnev, le vol des biens de l'État a été un sport national que les élites de la nomenklatura pratiquaient avec plus ou moins de bonheur. Mais, depuis dix ans, l'ampleur du « vol » a dépassé toute norme connue. De Saint-Pétersbourg à Vladivostok, de Mourmansk à Irkoutsk, rien n'a échappé, d'une façon ou d'une autre, au pillage en règle, parfois sophistiqué, le plus souvent brutal, voire criminel. Des centaines, peut-être des milliers de Russes ont payé de leur vie leur participation ou leur résistance à ce processus. Il ne s'agit pas seulement des agissements de la « mafia ». En réalité, les criminels professionnels ont été rejoints par des *outsiders* au profil tout à fait convenable qui ont su profiter des désordres nés de la fin de l'empire soviétique, s'affranchir de toute règle, de toute loi, de tout scrupule, et se lancer dans une phase que Karl Marx avait lui-même nommée l'« accumulation primitive du capital », sans se douter à quel point elle serait primitive et accumulatrice.

Ce « hold-up du siècle » explique-t-il, à lui seul, la situation dans laquelle se trouve la Russie aujourd'hui ? Probablement pas. Les structures de l'État et de l'économie au milieu des années 80 étaient dégradées à un point que l'on n'imagine pas encore tout à fait actuellement. L'URSS de Gorbatchev était une illusion, un château de cartes. L'appareil administratif, c'est-à-dire le Parti communiste, était devenu inerte, ingouvernable, scindé en une multitude de baronnies, d'intérêts particuliers, un nid de corruption et d'affairisme. Star des médias occidentaux mais méprisé de ses concitoyens, Gorbatchev, pur produit de la fin de l'ère brejnevienne, ne put éviter l'effondrement total et la désintégration d'un système qu'il ne fut jamais en mesure de contrôler, encore moins de gouverner.

CHAPITRE 1

Brève histoire de la corruption en Russie

Il n'y a pas que les Français qui ont un problème avec l'argent. Les rapports que la société russe entretient avec lui, tout au long de son histoire, sont douloureux, à la fois haineux et passionnés. Bien avant la révolution de 1917, une partie de l'intelligentsia se révolte contre la naissance du capitalisme. Les réformes économiques engagées par le tsar Alexandre II, dans la seconde moitié du XIXe siècle, suscitent l'opposition féroce de ceux qui récusent le culte de *mammon*, terme d'origine grecque qui désigne dans la religion orthodoxe le profit, l'avidité, la cupidité et donc, dans la Russie de cette époque, le capitalisme. Pour ceux que l'on nomme alors les « slavophiles », l'argent incarne le mal absolu, le cancer qui ronge la société, le signe du renoncement aux valeurs fondamentales, la négation de la spécificité russe. « On veut transformer la Russie en une sorte d'Angleterre et nous gaver de la fameuse maturité économique anglaise. Non, nous ne voulons pas de la maturité économique anglaise, l'estomac russe est incapable de la digérer », écrivent en 1861 Nikolaï Chelgounov et Mikhaïl Mikhaïlov dans la première proclamation révolutionnaire russe parue à Londres sous le titre « A la jeune génération »[1].

De fait, l'apparition de grandes familles capitalistes, qui équipent la Russie de voies de chemin de fer, de lignes de télégraphe, de compagnies de navigation, de forges et d'usines de toutes sortes, provoque dans l'appareil bureaucratique, déjà fort développé, des oppositions... et des tentations. Elles avaient d'ailleurs déjà été admirablement mises en scène par Nicolas Gogol dans *Le Revizor*, pièce de théâtre jouée pour la première fois en 1836, qui montre le gouverneur d'une province éloignée de Moscou en proie à la panique devant l'arrivée d'un « contrôleur » (le Revizor) chargé de vérifier les comptes. Le dialogue entre le gouverneur et un marchand qui se plaint des « contributions » que le premier lui impose ne manque pas de sel :

---

1. Cité dans Michel Heller, *Histoire de la Russie et de son empire*, Plon, 1997, p. 770.

LE GOUVERNEUR : Vous plaindre ? Et qui t'a aidé à filouter quand tu construisais le pont et que tu as compté pour 20 000 roubles de bois alors qu'il n'y en avait pas pour 100 roubles ? C'est moi qui t'ai aidé, vieille peau de bouc ! Tu l'as oublié, cela ? Je n'avais qu'un mot à dire pour qu'on t'expédie en Sibérie. Qu'est-ce que tu dis de cela, hein ?

LE VIEUX MARCHAND : Au nom du Seigneur, pardonne-nous, Anton Antonovitch, c'est le Malin qui nous a tentés [2].

La révolution de 1917, la nationalisation de tous les biens ou presque, l'instauration de la dictature du prolétariat et du système communiste auraient normalement dû mettre un terme au vol de l'État et à la corruption. Le grand rêve d'une société « démonétisée » dans laquelle l'argent n'aurait plus de rôle central, d'une société égalitaire où chacun serait récompensé selon ses mérites et non en fonction de ses origines sociales ou de sa fortune peut enfin voir le jour. Le régime policier, l'hystérie des bolcheviks contre les spéculateurs, les propriétaires, les commerçants, les *koulaks*, auraient normalement dû extirper de tout citoyen russe l'idée même de voler un kopeck à la collectivité. Évidemment, il n'en fut rien. La société égalitaire est une utopie dès lors que l'un des

2. Nicolas Gogol, *Le Revizor*, acte V, scène II.

premiers gestes de Lénine est de créer la sinistre Tchéka, police politique légale, « la main, armée d'un glaive, du prolétariat au pouvoir » pour son fondateur, Dzerjinski.

Dès les premières années de la Révolution, il devient évident que certains, c'est-à-dire les dirigeants et les membres du Parti communiste, sont plus égaux que d'autres. Aux pires mois de l'hiver 1920-1921, lorsque les ouvriers se révoltent à Petrograd et les marins à Cronstadt, c'est en grande partie contre les inégalités économiques qu'ils se battent. Ils sont dégoûtés par les avantages qu'obtiennent déjà les membres du Parti et de ses différentes organisations et veulent avoir le droit de se ravitailler directement à la campagne sans être considérés comme des spéculateurs ou des criminels. Révolte que Lénine et Trotski noient dans le sang. Les « étrangers », pourtant acquis à la cause, n'en reviennent pas. Pénétré de l'idéal révolutionnaire, Alexander Berkman, qui fait partie des 247 Américains communistes ou anarchistes expulsés des États-Unis vers la Russie soviétique, le 23 décembre 1919, déchante pourtant assez vite devant ce qu'il constate. La terreur et l'arbitraire règnent en maîtres. La lutte contre les « spéculateurs » est singulièrement ciblée sur les plus humbles. Ainsi, sur la grande place du centre de Moscou, face à l'hôtel National, à quelques pas du Kremlin, Berkman est le témoin ahuri d'une descente de la milice. Les policiers s'acharnent sur les plus pauvres, frappent une vieille femme qui proposait un bol de soupe pour quelques kopecks, des jeunes filles qui vendaient des cigarettes ou des galettes, alors que les marchands « officiels », tenanciers de boutiques en « dur » sont laissés en paix. D'un responsable syndical à qui il fait part de son étonnement, Berkman s'attire cette réponse cinglante : « Vous ne connaissez pas ces "pauvres hommes et femmes", comme vous les appelez. Le jour ils vendent des galettes, mais la nuit ils font le marché des diamants et des objets de valeur[3]. » Voilà qui en dit long sur l'état d'esprit des « révolutionnaires ».

En réalité, dans un pays pourtant misérable, les inégalités se creusent. A la Mostkommune, le centre de ravitaillement qui centralise l'approvisionnement de Moscou et des environs, les fonctionnaires distribuent les rations selon une règle bien singulière : les ouvriers n'ont presque rien ; les fonctionnaires du Komintern, des grands ministères et du Parti reçoivent plus qu'ils n'ont besoin. De plus, ils sont *vne otcheredi*, dispensés de faire la queue, alors que de pauvres bougres patientent dans le froid durant des

---

3. Alexander Berkman, *Le Mythe bolchevik, journal 1920-1922*, 1932, rééd. par La Digitale, 1987.

heures pour obtenir leur livre de pain, quand ils ne se heurtent pas à un guichet fermé.

Dans les années 30, au plus fort du stalinisme, les différences s'institutionnalisent. « Le Parti a fixé à 225 roubles par mois le salaire maximum de ses membres, alors que le prétendu "salaire moyen" des travailleurs est trois fois moindre sur le papier et au moins cinq fois plus petit dans la réalité[4] », écrit alors Boris Souvarine. Pauvre Boris, qui de sa retraite de Carqueiranne, dans le Var, se fait envoyer chaque jour les journaux russes, pourtant largement censurés ! Il y relève une multitude d'affaires de corruption, de viols, d'assassinats, dont sont souvent coupables des fonctionnaires du Parti. Quotidiennement, les Russes ont sous les yeux des preuves de la trahison de l'idéal révolutionnaire. La société communiste est une société de classes dont l'aristocratie est formée par les cadres du Parti, qui disposent de tous les droits ou presque, à commencer par celui de voler. Dès cette époque, les citoyens ordinaires perdent toute illusion sur le sens de l'État et du bien commun de leurs dirigeants. Ils ne retrouveront jamais leurs illusions, et cela fait partie des raisons qui expliquent l'indifférence des Russes d'aujourd'hui à l'égard des « affaires » qui empoisonnent leur pays.

4. Boris Souvarine, *L'URSS en 1930*, rééd. Ivréa, 1997.

Les dernières années du communisme, à la fin de l'ère brejnevienne, ont été marquées par une déliquescence encore plus radicale. Quel écart entre l'apparence de l'URSS des années 70, l'image que la propagande renvoie du pays à l'étranger, la fascination qu'elle exerce encore sur les « sympathisants » occidentaux et la situation réelle du pays ! L'URSS est alors une gigantesque usine d'armement contrôlée par un Comité central de gérontes, alors que partout dans les régions les mafias s'en donnent à cœur joie. « Le stalinisme avait établi le régime de la tyrannie politique. Khrouchtchev, pressentant son danger, avait fait quelques pas pour adoucir ce régime et préparer ainsi le passage à un autre état. Brejnev, dont la nostalgie du stalinisme était évidente, a terminé ce processus en liant le plus étroitement possible gangstérisme politique et gangstérisme économique : le pouvoir et la criminalité se sont fondus en un tout, et les dirigeants du pays sont devenus, au sens strict du terme, délinquants de droit commun, ceux-ci se transforment en détenteurs du pouvoir de fait dirigeant le pays [5] », écrit Arcadi Vaksberg, avocat et journaliste, qui a réalisé une longue enquête sur la criminalité dans les dernières années de l'URSS.

5. Arcadi Vaksberg, *La Mafia russe*, Albin Michel, 1992.

Les prémices de ce qui se passe aujourd'hui à Moscou sont donc déjà posées dans toute l'Union soviétique de l'époque, où bandits et dirigeants politiques sont étroitement associés pour piller l'État. Les trafics de toute nature pullulent, comme dans un inventaire à la Prévert. A Sotchi, la perle de la mer Noire, on exporte frauduleusement vers l'Occident d'énormes quantités de caviar dans des boîtes d'anchois ou de harengs, avec la complicité du vice-ministre des Produits de la pêche et du gouverneur de la région de Krasnodar dont dépend Sotchi, Serguei Médounov, un proche de Brejnev. En Ouzbékistan, le gouverneur Charaf Rachidov, dix fois décoré de l'ordre de Lénine, multiplie par deux, trois ou dix les chiffres réels de la récolte de coton, qui est payée rubis sur l'ongle par Moscou sans aucune vérification. Dans tout le pays foisonnent des « ateliers clandestins » au cœur même des entreprises d'État, dont ils utilisent les machines et les matières premières, et vendent ensuite leur production au noir. En Transcaucasie, la mafia vole des wagons de chemin de fer, avec la complicité des autorités locales, pour expédier des produits agricoles dans le nord du pays, alors que, faute de moyen de transport, les kolkhozes ne peuvent transporter leur blé, qui pourrit sur pied. Sans parler des détournements de production par trains et bateaux entiers.

Dans l'Union soviétique de Brejnev, tout se vend et tout s'achète, jusqu'aux inscriptions dans les écoles les plus prestigieuses et, bien sûr, l'obtention des diplômes. L'entourage familial de Brejnev est mis en cause, notamment sa fille Galina et son gendre Iouri Tchourbanov. Le KGB connaît ces trafics, de même que certains procureurs qui lancent des enquêtes. Certains complices sont arrêtés ; de temps à autre, des épidémies de suicides éclaircissent les rangs du Parti. Mais, dans les plus hautes instances du pouvoir, les grands dirigeants nationaux et régionaux se tiennent et donc se soutiennent mutuellement. Les lettres de protestation des citoyens ordinaires dénonçant l'arbitraire et la corruption affluent de toutes parts à destination du Kremlin même et du camarade Brejnev en personne. Elles se perdent évidemment en route, lorsqu'elles ne sont pas tout simplement réexpédiées par paquets entiers à ceux-là mêmes qu'elles mettent en cause.

A la mort de Brejnev, en novembre 1982, le Comité central fait appel à Iouri Andropov, le patron du KGB depuis quinze ans. C'est la première fois depuis Béria (l'âme damnée de Staline, qui tenta de lui succéder à la tête de l'URSS en 1953) qu'un « super-flic » parvient au sommet de l'État. Aussi étonnant que cela puisse paraître aujourd'hui, il incarne à cette époque l'espoir d'un renouveau. Homme d'ordre, technocrate réputé compétent, plutôt ouvert à la réforme et à la modernisation du pays, il paraît de taille à en finir avec le pillage. De par ses fonctions antérieures, il en connaît l'ampleur et les principaux bénéficiaires. De fait, après la disparition de Brejnev, la presse évoque de nombreux cas de corruption de hauts fonctionnaires. Mais, ainsi que le décrit Nicolas Werth, « la campagne contre la corruption fit long feu [...] et se transporta sur les formes les plus modestes d'économie parallèle, tels le travail au noir ou les petits trafics, pour déboucher enfin sur une offensive en faveur d'un renforcement de la discipline[6] ». Toujours cette manie de s'en prendre aux plus faibles... Cela n'empêche pas Andropov de faire l'objet, encore aujourd'hui, d'une sorte de culte en Russie et ailleurs. L'actuel Premier ministre russe (en tout cas celui qui est en fonction à l'heure où nous écrivons ces lignes), Vladimir Poutine, ne cache pas l'admiration qu'il porte à son maître spirituel. Il est vrai que leurs itinéraires les rapprochent, puisque Poutine a dirigé le FSB (organisme qui a succédé au KGB) avant d'être appelé à la tête du gouvernement, en août 1999. On raconte même à Moscou que Vladimir Poutine va régulièrement fleurir la tombe de son glorieux aîné, au pied du mur du Kremlin, sur la place Rouge...

6. Nicolas Werth, *Histoire de l'Union soviétique*, PUF, 1990.

Pourtant, lorsque Andropov disparaît soudainement, en février 1984, c'en est fini de l'opération « mains propres », d'autant que son successeur et ennemi intime, Konstantin Tchernenko, fidèle de Brejnev, affaibli et malade, disparaît moins d'un an plus tard.

Voilà donc le pays dont hérite Mikhaïl Gorbatchev, le 11 mars 1985, lorsqu'il est nommé secrétaire général du Parti communiste de l'URSS. Des structures criminelles sont en place qui disposent d'énormes sommes d'argent liquide en quête d'emploi. Puisque la propriété privée n'existe pas, que le système bancaire est centralisé, cet argent n'est pas encore très mobile. Or, les quatre-vingt-deux mois que dure la *perestroïka*, jusqu'à la fin de décembre 1991, reste une période marquée par de profondes contradictions. La parole des Soviétiques se libère, la pression des organes policiers se relâche, l'emprise du Parti communiste sur la vie économique et sociale disparaît à une vitesse impressionnante. Mais Gorbatchev ne veut pas rompre complètement avec l'ancien système. Il met en place des réformes destinées à rendre aux entreprises une plus grande liberté d'action, mais hésite à instaurer la propriété privée. Une loi du 19 novembre 1986 permet bien la constitution d'entreprises privées dans une trentaine de secteurs, essentiellement l'artisanat et les services, mais elle comporte une pilule empoisonnée : un taux d'imposition forfaitaire à 65 %, ce qui constitue une véritable incitation à la fraude fiscale. Au fil des mois, l'opposition entre les modernistes, qui veulent en finir avec les structures soviétiques, et ceux qui les défendent, parce qu'elles leur procurent pouvoir et argent, se durcit. « Toutes les mesures adoptées jusqu'à l'automne 1991 ont été marquées par une volonté de compromis entre le plan et le marché, entre les exigences d'une efficacité économique et celle d'un assistanat social, par un souci de retarder l'échéance décisive de la réforme des prix et du "dégraissage" des effectifs pléthoriques du personnel des entreprises et notamment des administrations. Durant six années, il n'y eut en réalité ni plan ni marché [7] », écrit Nicolas Werth.

On imagine le profit que les « bandits » de toute nature ont pu tirer de cette situation floue, où s'ouvrent de gigantesques vides juridiques. Les monopoles commerciaux sautent de façon plus ou moins informelle, des fonctionnaires « privatisent » pour leur compte des morceaux de ministères et se lancent dans les affaires alors qu'il n'existe encore aucune loi sur les privatisations. Les entreprises exportatrices prennent dès cette époque de plus en plus de liberté

7. *Ibid.*

avec la gestion de leurs ressources en devises. L'argent noir, accumulé depuis des années, entame un vaste processus de blanchiment, notamment dans les activités ouvertes à l'entreprise privée. C'est le règne de l'import-export, de la constitution de vraies-fausses sociétés mixtes, de la création de banques dans les sous-sols des immeubles de Moscou et de Saint-Pétersbourg avec 10 000 ou 20 000 dollars de capital de départ. L'économie parallèle, auparavant cachée par des structures officielles, devient de plus en plus présente. Les entreprises sont totalement désorganisées, le niveau de vie des Russes s'effondre. Mais les premières fortunes commencent à se construire. On se rue sur les *datchas* que le Parti mettait gratuitement à la disposition des *apparatchiks* et des cadres supérieurs de l'Armée rouge. On se les attribue pour des sommes dérisoires. De magnifiques propriétés sont vendues pour 20 000 ou 30 000 roubles, l'équivalent de quelques dizaines de milliers de francs.

Un mystère demeure, jamais éclairci ou presque : où est passé l'argent du Parti communiste de l'URSS ? Au temps de sa splendeur, on a peine à imaginer l'immensité de la fortune du Parti : immeubles, palais, comptes à l'étranger, sociétés écrans... Arcadi Vaksberg estime à plus de 12 milliards de dollars les sommes qui se sont évaporées des caisses du Parti entre 1988 et 1991, lorsqu'il devenait clair qu'il était en train de perdre ses prérogatives et sa prééminence. Le « recyclage » s'intensifie à la fin de 1990. « Peu de temps avant le putsch, Vladimir Orlov, ministre des Finances de l'époque, s'était rendu en Suisse et avait visité incognito plusieurs grandes banques helvétiques [...]. Presque en même temps, un groupe d'apparatchiks du Comité central partit pour l'Amérique centrale, au titre de délégation gouvernementale officielle. Ce qui leur permit d'échapper à toutes les formalités douanières [8] », écrit Arcadi Vaksberg. Peu avant le putsch du 19 août 1991, les transferts de fonds s'intensifient en provenance des comptes du Parti et des fonds secrets du KGB. Il faut dire que les putschistes sont les plus hauts personnages de l'État à ce moment-là : le vice-président de l'URSS, le président du KGB, le ministre de la Défense et celui de l'Intérieur. Lorsque Boris Eltsine interdit le Parti communiste et décide la saisie de tous ses biens, les liquidités se sont volatilisées, en partie recyclées dans des banques étrangères ou dans le financement de nouvelles activités en Russie même.

Le gouvernement tentera bien quelques investigations, en requérant notamment les services d'une société d'enquête privée, le célèbre cabinet Kroll Associates, mais, bizarrement, son travail sera inter-

---

8. Arcadi Vaksberg, *op. cit.*

rompu avant qu'il ait donné le moindre résultat, à la suite, dit-on, d'interventions puissantes. D'ailleurs, ceux qui, au Parti, étaient en charge des affaires financières sont atteints d'une épidémie de suicides par défenestration. Nikolaï Kroutchina, qui gérait les biens du Parti, Gueorgui Pavlov, son prédécesseur, Dimitri Lissovolik, en charge des relations avec les « Partis frères » : tous trois tombent par la fenêtre... Sans compter les quelques enquêteurs disparus sans laisser de traces à Moscou et ailleurs. Cet argent n'a évidemment pas été perdu pour tout le monde ; il a servi de marchepied vers la fortune à de nombreux *apparatchiks* dont l'identité n'a jamais été révélée.

Le règne de Gorbatchev s'achève dans la confusion générale. Dès 1990, l'affrontement avec Eltsine sur les réformes économiques se radicalise. Le 12 juin 1991, Boris Eltsine est élu, au suffrage universel, président de la République fédérale de Russie. Cela lui confère une légitimité supérieure à celle de Mikhaïl Gorbatchev, président de l'URSS depuis 1990, élu par un Congrès du peuple de 2 250 députés. Les tractations sur le nouveau traité de l'Union, le coup d'État manqué d'août 1991 achèvent de sceller le sort de l'Union soviétique, qui cesse d'exister en décembre.

La Russie embrasse alors l'économie de marché de façon radicale. Les sept années de la *perestroïka* s'achèvent dans la débâcle économique, morale et sociale. Personne ne sait encore que le « pillage » va prendre une nouvelle ampleur et que le règne d'Eltsine va donner lieu à des désordres encore plus grands.

Chapitre 2

Mainmise sur les entreprises

A quoi pouvait donc bien ressembler une entreprise en Union soviétique ? Question de base, qui permet de mesurer l'ampleur de la tâche à laquelle Eltsine et ses conseillers avaient décidé de s'atteler dès le début de 1991 : la privatisation. Une entreprise soviétique, c'est d'abord une entité énorme, multiforme, aux dimensions extravagantes, au catalogue invraisemblable de produits. Elle appartient à l'État ou à son bras armé, un ministère, la municipalité ou la région. Elle emploie des dizaines de milliers de salariés, qui gagnent peu mais travaillent peu. Elle est dirigée par un patron désigné par l'État ou le Parti, souvent un ingénieur qui a commencé au bas de l'échelle, a progressé dans l'entreprise grâce à la formation permanente et s'élève en parallèle dans la hiérarchie du Parti. Viktor Tchernomyrdine, par exemple, ancien Premier ministre d'Eltsine, fit toute sa carrière dans l'industrie gazière. Natif de la région d'Orenbourg, il commence dans la vie professionnelle comme ajusteur, puis devient machiniste, opérateur de raffinerie, tout en poursuivant des études à l'Institut polytechnique de Kouïbychev. A 35 ans, il devient directeur de l'usine de transformation de gaz d'Orenbourg, et il lui faudra moins de cinq ans pour entrer au Comité central du Parti communiste dont il était cadre local. A partir de ce moment, sa progression dans la hiérarchie du Parti sera exactement parallèle à l'accroissement de son pouvoir dans l'industrie gazière.

L'entreprise soviétique est l'univers unique de ceux qu'elle emploie. Elle les abrite dans ses propres logements, les nourrit avec des produits alimentaires qu'elle achète dans les kolkhozes voisins, envoie les plus méritants dans des maisons de repos ou des villages de vacances dans la forêt ou sur les bords de la mer Noire. On ne quitte cette entreprise pour une autre qu'avec des autorisations dûment tamponnées. Souvent, le KGB est installé à demeure, surtout s'il s'agit d'une société qui travaille pour la défense, et elles y travaillent presque toutes, d'une façon ou d'une autre. Le volume de production est fixé par le

Plan, de même que les prix de vente et ceux des matières premières. La comptabilité est primitive, souvent fausse. Le vol y est permanent, l'absentéisme massif, la productivité lamentable. Le circuit de décision est absurde. Vassili Kel, qui dirige une entreprise spécialisée dans les équipements de compression et de pompage destinés à l'industrie pétrolière et gazière, se souvient encore de la dictature exercée sur les directeurs d'usine par les cadres locaux du Parti. « Un jour, je suis convoqué au siège local du Parti. Le secrétaire de la section me demande de construire une chaufferie pour l'étable d'un kolkhoze voisin. Je lui rétorque que je ne sais pas construire ce genre d'équipement puisque je ne travaille que pour les pétroliers. Il insiste. Je persiste dans mon refus. Il m'intime l'ordre d'obéir. Je continue de protester jusqu'à ce qu'il me lance : "Sais-tu bien où tu te trouves ?" J'ai fini par m'exécuter. Si je ne l'avais pas fait, il aurait eu ma peau[1]. »

Inutile enfin de préciser que la création de ces entreprises, leur taille et la nature de leur production sont elles aussi décidées par l'État en fonction des besoins du Plan sans qu'une once d'initiative individuelle entre en ligne de compte. A Tioumen, au fin fond de la Sibérie occidentale, Khrouchtchev a ainsi

1. Entretien de Vassili Kel avec l'auteur, février 1998.

décidé en 1963 de construire le plus grand élevage de poulets du monde, 2,3 millions de volatiles, 1,8 million d'œufs par jour, parce que cela complétait bien le paysage industriel local qui commençait à se développer autour du gaz et du pétrole. L'entreprise existe toujours. Elle est dirigée depuis 1979 par Alexandre Sozonov, ingénieur agronome, qui y a fait toute sa carrière. Il arpente les 3 300 hectares de terres alentour dans une vieille Volga noire. Il est sans regret sur la période communiste, mais néanmoins amer sur le sort réservé à l'entreprise aujourd'hui. « Pendant très longtemps, je n'ai pas voulu adhérer au Parti communiste, à cause de ce que j'y voyais. Et lorsque j'ai dû y entrer, j'ai toujours réussi à donner mon point de vue sur la situation économique. Les réformes sont nécessaires aujourd'hui, mais elles ne doivent pas passer par la destruction des entreprises. Finalement, les méthodes des réformateurs sont les mêmes que celles du Comité central[2] », dit-il.

Tel est le paysage qu'offre la Russie à la fin des années 80. Le pays est d'une méfiance extrême vis-à-vis de la propriété privée. Mikhaïl Gorbatchev ne se lance qu'avec prudence dans cette voie, d'abord en 1986, en autorisant, en principe, l'entreprise privée,

2. Entretien d'Alexandre Sozonov avec l'auteur, février 1998.

mais surtout en mai 1988, en créant un statut officiel pour les « coopératives » qui désignent en fait les entreprises privées. Elles souffrent d'une mauvaise réputation dans le pays, car on soupçonne leurs dirigeants de s'enrichir trop rapidement. Ce qu'ils font d'ailleurs, car dès que la porte s'entrouvre les candidats entrepreneurs se ruent sur ces nouvelles formes d'entreprises. Même si, à Moscou, le premier restaurant privé n'est inauguré qu'en 1987, il est très vite imité par des dizaines d'autres. Pierre Briançon, à l'époque correspondant de *Libération* à Moscou, le raconte dans son journal : « Le phénomène ne se limite pas à la restauration dans la capitale. Des taxis au rétamage des couteaux, de la blanchisserie au garage qui fournit à l'Intourist ses voitures de location, toute la gamme des services est largement touchée et toutes les régions de l'URSS sont atteintes[3]. »

En 1990, Gorbatchev va plus loin. Le Soviet suprême approuve le 6 mars, à une écrasante majorité, une loi instituant « la propriété du citoyen », un concept assez flou qui évite encore le mot « privé » mais s'en rapproche. Il existe alors en URSS trois formes de propriété reconnues : la propriété de l'État, la propriété publique (municipale ou régionale) et la propriété du citoyen, terme choisi au dernier moment

3. *Libération*, 27 mai 1988.

par les législateurs de préférence à « propriété individuelle ». La nuance est subtile, mais pour les communistes de l'époque elle avait son importance.

Il faut dire que si la propriété privée est tellement
suspecte aux yeux des Russes, c'est que les premiers
excès apparaissent au grand jour, notamment le bradage et le vol de certains biens de l'État que nous
avons évoqués plus haut. La mécanique est bien
huilée, comme le constate une envoyée spéciale du
journal *Le Monde*, Françoise Lazard : « Lorsqu'un responsable d'une entreprise d'État décide de privatiser
sa firme, il commence par louer les installations et les
équipements, fonctionnant sur le principe du bail,
puis fonde une entreprise par actions et tente de se
séparer de son actionnaire principal, le ministère ou
l'organisme d'État auquel il était affilié [4]. » Encore est-
ce là une procédure qui respecte un minimum de
formes. La plupart des autres se déroulent dans le
vide juridique le plus total. Entre la fin de 1988 et
juillet 1991, on estime à 2 ou 3 % les entreprises russes
qui ont fait l'objet de ces privatisations sauvages,
représentant des milliards de dollars d'actifs publics.

Dès le début de 1991, Boris Eltsine et ses conseillers, essentiellement deux jeunes économistes, Gri-

4. *Le Monde*, 29 mai 1991.

gory Yavlinsky et Egor Gaïdar, ont une autre idée, bien plus radicale, celle-là : privatiser toutes les entreprises russes. Une tâche considérable, presque surhumaine. On peut s'interroger sur les raisons qui poussent le gouvernement à s'engager dans un processus aussi radical. La tentative de coup d'État d'août 1991 a probablement joué un rôle puisqu'elle montrait qu'une partie de l'*establishment* de l'époque refusait les réformes. Les multiples conseillers étrangers, notamment américains, ont également œuvré pour une privatisation radicale. Mais il fallait stopper aussi le dépouillement de l'État et proposer au plus vite un cadre juridique et réglementaire afin que le processus de privatisation soit « encadré » et se déroule avec la participation des Russes, de tous les Russes. C'est d'abord à Saint-Pétersbourg que le projet mûrit. Le maire de l'époque, Anatoli Sobtchak, aime alors à se présenter comme le chef de file des démocrates et des réformateurs. Dans un livre publié aux États-Unis, Alfred Kokh[5], l'un des pères de ce programme, explique les raisonnements qui étaient les leurs à l'époque : « Ce dont nous avions besoin, c'était d'une méthode simple, compréhensible, standardisée, de privatisation totale qui aurait transféré rapidement et rationnellement toute l'économie en des mains pri-

5. Alfred Kokh, *Selling of the Soviet Empire*, SPI Books, 1998.

vées. » Plus facile à dire qu'à réaliser. Qu'importe : Tchubaïs, Kokh, Gaïdar et leurs amis vont tenter une expérience unique en son genre, qui n'a pas d'équivalent dans l'histoire économique moderne.

Le 3 juillet 1991, la Douma de la République de Russie (qui se soucie comme d'une guigne des autorités soviétiques, encore en place à l'époque) vote la loi sur « la privatisation des entreprises publiques et municipales ». Quelques mois plus tard, la jeune garde réformatrice (ils ont tous à peine 30 ans) réunit les grands patrons d'entreprises publiques à Saint-Pétersbourg, au Palais d'Hiver, dans la salle même où Lénine, le 7 novembre 1917, lançait la grande révolution prolétarienne. Le podium est installé au pied de l'immense portrait de Lénine qui orne la salle Smolny, et Kokh, jeune économiste de 31 ans, responsable des privatisations à Saint-Pétersbourg, face à une assemblée dans laquelle se mêlent des dirigeants de l'ère soviétique et des jeunes gens enflammés, assène ce mot d'ordre désormais entré dans l'Histoire : « Lénine est viré, nous commençons à l'instant même la privatisation de la Russie. »

Le principe est simple : chacun des 150 millions de citoyens russes, homme, femme, enfant reçoit gratuitement un *voucher*, ou bon de privatisation, d'une valeur de 10 000 roubles (à l'époque, l'équivalent de 100 dollars environ). Ce bon donne le droit d'acheter des actions des entreprises (plus de 240 000) inscrites sur la liste des privatisations. Ces bons sont cessibles : disposition anodine en apparence, mais qui se révélera catastrophique. L'opération débute le 1er octobre 1992 et s'achève le 30 juin 1994. A cette date, 151 450 000 *vouchers* ont été distribués. 40 millions de Russes sont actionnaires d'entreprises privées ou de fonds d'investissement (30 % de la population), ce qui fait de la Russie, en apparence, l'un des premiers pays capitalistes du monde. En apparence seulement. Car, très vite, la philosophie de cette privatisation de masse, qui est de faire des citoyens russes les associés de la transformation de leur pays, est totalement dévoyée. Il faut se replacer dans la situation de l'époque : l'économie va très mal, la politique libérale d'Eltsine a conduit à une très forte augmentation des prix. Le démantèlement de l'URSS a totalement désorganisé l'activité des entreprises, puisque le centralisme soviétique allait de pair avec une « spécialisation » des régions et des républiques, dont les entreprises s'échangeaient produits et services, souvent en nature. Le concept d'actionnaire est inconnu dans un pays où l'on ne sait pas très bien faire la différence entre une action et une obligation. Le boom des « coopératives » et autres structures privées et l'enrichissement rapide de leurs propriétaires font naître chez certains le rêve de la fortune rapidement et facilement acquise. Ils constituent des proies trop tentantes pour les aigrefins de toute sorte.

Il ne faut pas être grand clerc pour deviner l'utilisation que l'on peut faire de ces *vouchers*. Pour l'argent noir, c'est une occasion unique de se blanchir. Partout dans Moscou, notamment dans le métro, des acheteurs de *vouchers* apparaissent. Il n'est même pas toujours nécessaire de les acheter au-dessus du nominal, car pour les familles modestes la perspective d'encaisser tout de suite 20, 30 ou 100 dollars est bien tentante. Ces *vouchers* prennent ensuite la direction de sociétés d'investissement dont les associés, parfois peu recommandables, se retrouvent ainsi actionnaires des entreprises privatisées. Mais les « criminels » ne sont pas les seuls à percevoir l'intérêt de ce mécanisme. Les patrons des entreprises y voient aussi l'opportunité de devenir actionnaires significatifs de leurs entreprises sans que cela leur coûte une fortune. A la porte de certaines usines, des bandes organisées proposent aux salariés de leur acheter leurs *vouchers*, lesquels se retrouvent bientôt entre les mains des dirigeants. Seule la mafia dispose alors des réseaux et de l'argent nécessaires pour conduire ces opérations. Elle entre ainsi de plainpied dans le monde des entreprises, par la grande porte cette fois. Il n'est pas rare, par ailleurs, que les patrons aient recours à un chantage à l'emploi du genre : « Vendez-moi vos *vouchers* ou je ne garantis pas du travail pour tous. »

A dire vrai, il n'y avait guère de solutions pour imposer un processus entièrement vertueux. Les réformateurs ont une obsession, qu'ils confessent dès cette époque : provoquer des changements suffisamment profonds pour que tout « retour en arrière » (sous-entendu : vers le système communiste) soit techniquement et politiquement impossible. De ce point de vue, la privatisation des années 1992-1994 est un succès total. En trente mois, l'industrie soviétique est aux mains d'actionnaires privés, totalement ou partiellement, car dans bon nombre de cas, notamment dans le secteur de l'énergie, l'État souhaite garder une participation significative de crainte que des « étrangers » n'accaparent les grandes compagnies pétrolières, par exemple.

CHAPITRE 3

Criminels, « oligarches » et autres...

Inspirées par des intentions louables, les privatisations donnent lieu assez rapidement à des « effets induits » qui vont surprendre même les observateurs les plus avertis des mœurs financières russes. Elles permettent d'abord de consolider de nouveaux pouvoirs économiques en cours de constitution depuis le milieu des années 80. Elles donnent naissance, en particulier, à une nouvelle classe dirigeante que la presse russe a vite fait de baptiser les « oligarches », comme Boris Bérézovsky, Vladimir Gussinsky, Mikhaïl Khodorkovsky ou Vladimir Potanine. (Nous reviendrons sur les itinéraires de certains d'entre eux.) Ces hommes, souvent très jeunes, issus des cadres des Komsomols, l'organisation des Jeunesses communistes, fils d'*apparatchiks* de haut rang, de militaires ou de dirigeants du KGB, ayant perdu toute foi dans le système communiste (si tant est qu'ils l'aient jamais eue), sont déterminés à ériger leurs empires sur les ruines de l'Union soviétique.

On pourrait fort bien objecter que, après tout, c'était leur droit le plus strict, qu'ils n'ont fait qu'utiliser les outils mis à leur disposition par le législateur, qu'ils ont insufflé un esprit nouveau dans les entreprises dont ils devenaient actionnaires. En réalité, le premier réflexe de ces nouveaux capitalistes n'est pas précisément celui-là.

Ainsi, Boris Bérézovsky, docteur en physique et en mathématiques, crée en 1989 la société LogoVaz, qui commercialise les voitures produites par la firme soviétique AvtoVaz, connues sous la marque Lada. Il conclut un contrat d'exclusivité pour l'ensemble de la Russie, obtient des avantages fiscaux de la part du gouvernement. Le client verse 7 500 dollars d'avance lorsqu'il commande sa voiture. LogoVaz en reverse 4 800 à l'usine plusieurs mois plus tard. Conséquences : Boris Bérézovsky amasse 250 millions de dollars en quatre ans et AvtoVaz accumule des pertes abyssales. C'est un détournement d'actifs pur et simple, un abus de droit manifeste. Une enquête a d'ailleurs été ouverte cette année par le procureur général de Russie, Yuri Skuratov. Malheureusement, en février dernier, l'immeuble des forces de sécurité de Samara, la ville où est située l'usine AvtoVaz, est détruit dans un incendie. Plus de cinquante morts. Coïncidence extraordinaire, le feu s'est déclaré dans le bureau des enquêteurs qui suivent l'affaire. Attentat terroriste ? Accident ? Plusieurs jours plus tard, un homme se présente spontanément à la police : il reconnaît avoir jeté par mégarde un mégot de cigarette dans une poubelle...

Dans le genre, il y a encore plus fort. Dans l'industrie de l'aluminium, par exemple. La grande ville de l'aluminium, Krasnoïarsk, est la capitale d'une immense région de Sibérie orientale, qui s'étend presque de la Mongolie au Grand Nord et dont le célèbre général Alexandre Lebed a récemment été élu gouverneur (avec le soutien d'Alain Delon...). Elle abrite l'un des plus grands complexes mondiaux de production d'aluminium. Jusqu'à une époque très récente, Krasnoïarsk était le royaume d'Anatoli Petrovich Bykov, 39 ans, ancien boxeur, ancien professeur d'éducation physique. Rien dans son curriculum vitae ne le destinait à l'industrie, encore moins à la direction d'une grande société. Pourtant, il devient l'un des principaux actionnaires de l'entreprise et la dirige même pendant deux ans. Son « dossier » est particulièrement lourd si l'on en croit les notes du FSB (ex-KGB) et même celles des services français, qui ont fait de lui la personnalité criminelle la plus en vue de toute la Sibérie orientale. Elle n'en manque pourtant pas. Avec quelques amis boxeurs, il s'illustre au début des années 90 en offrant sa « protection » aux commerçants et industriels de la ville. Il mène grand train, possède quatre automobiles de luxe, méprise les vieux mafieux traditionnels qu'il s'emploie à mettre hors d'état de nuire, n'hésitant pas à collaborer à l'occasion avec les services officiels russes. Il « rachète » restaurants, casinos, hôtels, stations-service, puis se lance dans l'industrie en se rendant propriétaire de quelques fournisseurs et sous-traitants de l'usine d'aluminium, le plus souvent par l'intimidation et les menaces.

Selon les sources policières, Bykov et d'autres « hommes d'affaires » du même acabit décident, au début de 1994, de se « partager » l'industrie de l'aluminium russe. L'ancien boxeur se réserve Krasnoïarsk, dont il est devenu actionnaire en achetant des *vouchers* grâce à de fausses garanties bancaires. Les autres se replient vers Sayansk, l'unité la plus moderne de Russie, située dans une petite république du Sud-Caucase. Rien ne peut arrêter l'appétit de Bykov qui, entre 1995 et 1998, constitue un véritable empire industriel. En décembre 1997, il est élu député à la Douma régionale, grâce à une campagne à l'américaine largement couverte par la télévision locale...

qu'il contrôle, avec des thèses fortes sur la lutte contre la criminalité. Pendant ce temps, on le soupçonne d'organiser le pillage systématique de l'entreprise, par le biais d'exportations frauduleuses d'aluminium avec la complicité de sociétés commerciales aux mains de ses amis : opérations qui lui auraient rapporté environ 20 millions de dollars en quelques mois.

Bykov vit entouré d'une petite armée privée, dirigée par d'anciens officiers supérieurs du KGB, puissamment équipée en armes, moyens de locomotion et équipements de communication. Il habite, avec cinq de ses proches, dans des villas de la région de Krasnoïarsk, reliées entre elles par des souterrains sous surveillance permanente. Une vraie forteresse, quasiment inexpugnable. Mais, à Moscou, la presse commence à raconter les mœurs étranges de Krasnoïarsk, ce qui conduit le Premier ministre d'alors, Viktor Tchernomyrdine, à déclencher des enquêtes. Le général Lebed intervient lui aussi. Des équipes de procureurs débarquent enfin dans la ville sibérienne en novembre 1998. En avril 1999, un mandat d'arrêt est lancé contre Bykov. Il tente de rallier Nice, mais la France lui ferme ses portes. Après un séjour en Autriche, il serait aujourd'hui en villégiature au Monténégro. Mais c'est toujours l'un de ses proches associés qui dirige l'usine d'aluminium. Au début de septembre 1999, le général Lebed tente de le limoger, mais il fait encore de la résistance et attend une décision de justice. La police russe a comptabilisé au moins une vingtaine de meurtres : des exécutions sommaires à l'arme automatique, qui ont jalonné la montée en puissance de Bykov et de ses amis. Des concurrents, des mafieux, des banquiers, des responsables politiques locaux, des complices. Aucun ne lui est officiellement imputé, mais tous ceux qui pouvaient le gêner dans son ascension ou menacer sa sécurité ont disparu de cette façon.

Aucun groupe étranger ne s'est risqué à collaborer avec l'usine de Krasnoïarsk. Il y eut des tentatives, voici quelques années, de la part de Pechiney notamment, mais les quelques visites que firent les spécialistes français en Sibérie furent brutalement interrompues, probablement à cause de menaces réelles et sérieuses sur leur sécurité et celle de leur famille.

Anatoly Bykov n'est évidemment pas le seul personnage qui se soit illustré dans ce que les médias russes ont appelé « la grande guerre de l'aluminium ». Lev Tchernoy, né en 1954 à Tachkent, en Ouzbékistan, en est l'autre figure clé. Après avoir fait fortune en créant des ateliers clandestins et une coopérative dans les années 80, il se lance en 1990 dans le négoce de l'aluminium, dont il devient en 1995 l'un des acteurs mondiaux les plus puissants avec un chiffre d'affaires de l'ordre de 4 milliards de dollars. Il est alors, évidemment, actionnaire significatif des grandes usines d'aluminium russe, dont celles de Krasnoïarsk, de Sayansk et de Bratsk, notamment par le biais des *vouchers*. Ainsi, en 1993, il apporte, à lui seul, 400 000 *vouchers* à Krasnoïarsk, tandis que la population de la ville en a reçu 800 000. Tchernoy n'a jamais été inquiété par la justice russe, alors que les autorités des pays dans lesquels il séjourne souvent, notamment la Grande-Bretagne et Israël, l'ont placé sous surveillance intensive.

Sa stratégie de base, qui consiste à acheter la production des usines à bas prix, par la pression s'il le faut, a fini par provoquer de puissantes réactions dans l'industrie russe. Son itinéraire est jalonné de « disparitions » mystérieuses et brutales, sans que l'on parvienne à démontrer son implication, même si les services secrets russes ont accumulé contre lui un lourd dossier. Il faut dire que l'homme est puissant et riche. Il dispose d'appuis politiques d'autant plus importants qu'il aurait « investi » 150 millions de dollars pour la réélection de Boris Eltsine, en 1996.

Comment expliquer qu'un secteur industriel de cette taille soit tombé en de telles mains ? Il y faut une apathie, voire une complicité des forces de police, une brutalité de la part de ces « hommes d'affaires » qui n'a d'équivalent que chez les trafiquants de drogue colombiens, et une corruption savamment organisée, qui prend de multiples formes et notamment celle d'actions « humanitaires ». L'aluminium est le cas d'une privatisation entièrement réalisée au profit des « criminels », sans que l'État central ne puisse ou ne veuille s'y opposer, dans une région éloignée du « centre » où même sous les communistes les activités mafieuses étaient plus développées qu'ailleurs. Un simple épisode en dit long sur l'impunité dont ont bénéficié ces hommes. Une société britannique était actionnaire à hauteur de 20 % de l'usine de Krasnoïarsk depuis la privatisation par *vouchers*. En novembre 1994, les dirigeants de l'entreprise annulent purement et simplement ces actions. L'opération est mystérieuse. La société britannique serait en fait la propriété d'actionnaires russes. Qu'importe. Alfred Kokh, qui a rang de ministre, se rend sur place pour tenter de régler le problème. Il est accompagné de cinq agents des services secrets, lourdement armés, mais doit tout de même négocier avec le gouverneur de la région le simple droit d'entrer dans l'usine. Ses discussions avec le directeur de l'époque furent vaines, et l'on connaît la suite.

Toutes les privatisations n'ont bien sûr pas pris cette forme. Mais presque toutes ont été réalisées dans des conditions contestables. La période 1995-1996 est particulièrement intéressante, essentiellement pour des raisons politiques, qui sont la clé de tout le reste. L'effet « richesse » des privatisations et de l'ouverture de l'économie est très inégalement réparti. Seules Moscou et sa région en profitent. Le visage qu'offre à l'époque la capitale russe est saisissant. Sous la férule d'un homme particulièrement entreprenant, Yuri Loujkov (nous lui consacrons plus loin un chapitre), Moscou est une ville trépidante. A la fin des années 80, les « nouveaux riches » répugnaient encore à exhiber leur fortune toute neuve. Ce temps est bien révolu. Un signe ne trompe pas : la multiplication des restaurants de luxe, où le montant de l'addition est inversement proportionnel à la qualité de la cuisine. On se retrouve notamment à « La Chasse royale », réplique parfaite d'une isba sibérienne, sur Rouskoye Chaussée, à quelques kilomètres du centre de Moscou, dans le quartier résidentiel des anciens *apparatchiks*, investi aujourd'hui par les imposantes *datchas* des nouveaux maîtres du pays. Vodka, *chachliks*, serveurs en bottes et chemise rouge... La capitale se parsème de casinos clinquants, de boîtes de nuit, de boutiques de mode. Mais ailleurs, c'est la misère ou presque. Des millions de salariés du secteur public et des millions de retraités ne perçoivent leurs salaires ou leurs pensions qu'avec retard. Lorsque l'État les verse aux banques, ces dernières conservent l'argent pour spéculer sur les marchés financiers et ne les reversent qu'au compte-gouttes aux intéressés. On survit grâce à des « petits boulots » et au carré de jardin qui permet de récolter cornichons et légumes que l'on met en conserve.

Sur le plan macro-économique, la fin de 1994 est calamiteuse. En octobre, le rouble s'effondre, perdant 20 % en une seule journée. Les investisseurs étrangers s'inquiètent. Le pouvoir donne des signes de faiblesse, au point de nommer un nouveau responsable des privatisations, Vladimir Polevanov, gouverneur de la région de l'Amour, aux confins de la Chine. Il n'y connaît rien, mais son profil « régional » est censé rassurer ceux qui commencent à critiquer sévèrement le processus. En fait, il ne restera en poste que quelques mois.

Vers la mi-1995, il devient évident pour l'équipe gouvernementale russe, dirigée par Viktor Tchernomyrdine, que les élections législatives du mois de décembre vont consacrer, comme dans d'autres pays d'Europe centrale, le retour en grâce des communistes. Du coup, les craintes commencent à monter sur les chances de Boris Eltsine d'être réélu à la présidence en juin 1996. Panique générale. Conciliabules au sommet entre le gouvernement et les « oligarches » qui n'ont aucune envie que les empires

qu'ils ont érigés soient démantelés, comme Guen-
nady Zyuganov, le chef de file des communistes,
commence à le clamer haut et fort.

C'est que, depuis la fin de la privatisation par *vouchers*, ils y sont allés fort, ces « oligarches ». La première vague de reclassement des *vouchers* passée, ils
se retrouvent à la tête de groupes qui reposent sur
trois pieds : une banque pour recycler le « cash », une
holding qui porte les participations dans des entreprises industrielles et surtout pétrolières (car, comme
nous le verrons, le véritable trésor n'est pas ailleurs) et
un groupe de médias, journaux, magazines, chaîne
de télévision si possible pour être certains de son
« influence » sur le pouvoir politique. C'est à cette
époque que Boris Bérézovsky devient l'actionnaire
principal de la chaîne de télévision publique ORT.

La Sainte Alliance entre ces groupes capitalistes et
le Kremlin est à la fois naturelle et obligatoire. Naturelle, car ces « oligarches » tiennent leur fortune de
l'État, au travers des privatisations. Obligatoire, parce
que c'est la seule façon de contrer les forces qui s'opposent à l'ouverture économique.

Les privatisations prennent alors une nouvelle
dimension. Entre 1992 et 1994, l'État avait été plutôt
modeste dans la part du capital des entreprises qu'il
était prêt à lâcher. A partir de 1994, on opère sur une
beaucoup plus large échelle. Surtout, le gouverne-

ment abandonne le principe des *vouchers* pour celui des ventes aux enchères. Elles portent sur des morceaux significatifs des grandes compagnies pétrolières et minières, entre 15 et 20 % du capital. C'est une façon d'ouvrir le « coffre-fort » russe, de mettre sur le tapis ses véritables richesses, celles que guignent les « oligarches » et les investisseurs étrangers. Les banquiers « inventent » même une formule assez ingénieuse : puisque les finances publiques sont dans un état déplorable, ils prêteront de l'argent à l'État, qui leur offrira en gage des fractions du capital d'entreprises publiques. Le gouvernement russe accepte cette proposition, par un décret du 31 août 1995. Pendant des semaines, banquiers et ministres peaufinent le dispositif. Il est incroyablement favorable aux « oligarches ». Leurs banques disposent en particulier du droit de gérer les entreprises « gagées », dont elles fixent elles-mêmes la liste : vingt-neuf des plus grandes entreprises énergétiques du pays (à l'exception de Gazprom), parmi lesquelles les compagnies pétrolières Surgoutneftgaz, Yukos, Sidanko, Lukhoil, et le plus important producteur mondial de nickel, Norilsk Nickel.

L'opposition pousse les hauts cris, dénonce le bradage de la propriété de l'État. Elle est d'autant plus remontée que, comme prévu, le Parti communiste sort grand gagnant des élections législatives de décembre 1995, avec un peu plus de 20 % des voix. Les dirigeants des entreprises concernées, ceux que l'on appelle alors les « directeurs rouges », qui avaient trouvé leur compte dans la privatisation par *vouchers* et s'étaient érigés en véritables potentats locaux, flairent le piège. Ils comprennent assez vite que les « oligarches » ne vont pas se comporter en actionnaires dormants. Ils devinent que c'en est fini de leur tranquillité, de leur pouvoir, de leurs petits arrangements avec les mafias locales. Avec le soutien de certains gouverneurs de régions, ils tentent d'intriguer au Kremlin pour que leurs entreprises soient rayées de la liste des enchères et que le processus de privatisation soit interrompu. Les dirigeants de Norilsk Nickel, par exemple, sont parmi les plus agressifs.

Cette entreprise est un « monstre » soviétique. Elle règne sur les plus importantes réserves mondiales de nickel et de platine, dont elle est l'un des premiers transformateurs mondiaux. Elle dispose de filiales et d'usines un peu partout en Sibérie, même si son cœur industriel est situé à Norilsk, au nord de la région de Krasnoïarsk, dans l'Arctique sibérien. Son directeur, Anatoli Filatov, est un homme massif, le prototype du « directeur rouge ». Il multiplie les interventions directes auprès de Boris Eltsine pour empêcher la privatisation. Puis il exige qu'une clause prévoie expressément « l'impunité pour les anciens dirigeants ». Rien n'y fait.

Le processus de mise aux enchères débute en décembre 1995. Il va donner lieu à une véritable foire d'empoigne entre les « oligarches » pour une double raison. D'abord, les enchères sont fixées à des prix très attractifs ; ensuite, compte tenu de sa situation financière, chacun pressent que l'État sera bien incapable de rembourser les sommes que les banques lui prêtent, ce qui signifie que ce système de « garantie » est une illusion. Il ne s'agit de rien d'autre que d'une vente pure et simple des « joyaux de la couronne » pour une bouchée de pain. C'est le prix que Boris Eltsine doit payer pour que les « oligarches » financent la campagne présidentielle de juin, qui s'annonce extrêmement périlleuse.

Deux hommes incarnent parfaitement l'atmosphère qui règne alors à Moscou : Vladimir Potanine et Mikhaïl Khodorkovsky. Ils vont se tailler la part du lion dans ces mises aux enchères. Pour une bonne raison : ce sont eux qui les organisent...

Vladimir Potanine est né en 1961. Son père est un haut fonctionnaire du ministère soviétique du Commerce extérieur, une administration hautement stratégique car elle concentre à elle seule les relations commerciales de l'URSS avec le monde extérieur. Diplômé de l'Institut d'État pour les relations internationales de Moscou (établissement prestigieux qui formait diplomates et cadres supérieurs du KGB), il rejoint son père au ministère dans un poste subalterne. Carrure d'athlète, sourire ravageur, le jeune Potanine comprend très vite le parti qu'il peut tirer du démantèlement progressif du ministère du Commerce extérieur. Des pans entiers de son activité sont « privatisés » de façon plus ou moins informelle. En 1991, il monte, avec 10 000 dollars, une société commerciale, Interros. En avril 1992, il lance avec celui qui deviendra son associé et ami, Mikhaïl Prokhorov, 27 ans à l'époque, la Compagnie internationale pour la finance et les investissements, MFK. Un an plus tard, ils créent leur propre banque, Oneximbank. Ils sont déjà plusieurs fois millionnaires en dollars.

Comment passe-t-on en deux ou trois ans du stade de petit fonctionnaire à celui de riche banquier ? Ils ne l'ont jamais raconté. Mais on peut hasarder des hypothèses. En 1991, le plus sûr moyen de faire fortune est de se lancer dans le commerce des matières premières. Leur prix à l'intérieur de la Russie est contrôlé par l'État. On achète du pétrole, des matières premières ou des métaux aux entreprises d'État pour les revendre à l'étranger, aux prix mondiaux. L'écart peut aller de 1 à 100. Lorsque le Premier ministre de l'époque Egor Gaïdar veut libérer les prix des matières premières, en janvier 1992, il se heurte à un tel lobby qu'il doit y renoncer. Des experts occidentaux ont chiffré l'argent ainsi « volé » à l'État à environ 30 % du PIB de la Russie pour la seule année 1992.

Mais, pour de jeunes banquiers comme Potanine et Prokhorov, bien introduits dans les milieux politiques et administratifs, il existe encore un autre moyen de s'enrichir rapidement : emprunter à la Banque centrale au taux de 10 ou 20 % alors que l'inflation en 1992 est à 2 000 %. Un cadeau que le gouverneur de l'époque Viktor Guerashenko réserve à certains « amis » et qui représentera, au total, plus de 30 % du PIB, selon les mêmes experts. Autant dire que Potanine aborde la période des privatisations avec des munitions.

D'autant qu'Oneximbank bénéficie d'une autre manne : les fonds de l'État. La Russie de l'époque ne dispose pas de l'équivalent de notre Trésor public. Ce sont les banques privées qui gèrent l'argent public, dans des conditions assez peu transparentes. Une source de profits considérables, puisque les banques font travailler ces capitaux sur les marchés financiers dont les rendements sont astronomiques. Imaginez la Société Générale ou Paribas encaisser le produit de l'impôt sur le revenu par exemple, placer ces fonds sur les marchés financiers et garder les bénéfices pour elles... La MostBank de Vladimir Gussinsky gère les fonds de la ville de Moscou, la banque Menatep s'est vu confier l'argent de la guerre en Tchétchénie, puis celui de la reconstruction, dont un audit réalisé par le gouvernement devait découvrir que 4,4 milliards de dollars étaient partis en fumée. Potanine gère les capitaux du ministère du Commerce extérieur et du ministère des Finances. En 1995, il obtient même la gestion de l'argent des douanes russes, un flux d'environ 1 milliard de dollars par an…

Du cerveau fertile du jeune banquier va jaillir une autre idée de génie, celle de l'échange de prêts à l'État contre des actions des entreprises publiques. C'est lui qui invente ce montage et le « vend » à Anatoly Tchubaïs et à son équipe. Il propose même au gouvernement d'être son banquier conseil pour l'évaluation des entreprises concernées. Il organise notamment la mise aux enchères de 38 % du capital de Norilsk Nickel. Mise à prix : 170 millions de dollars. Potanine l'emporte pour 170,1 millions de dollars. Il obtiendra également 51 % du capital de la compagnie pétrolière Sidanko, l'une des cinq premières de Russie avec plus de 8 % de la production nationale.

Juste retour des choses, Vladimir Potanine sera l'un des principaux contributeurs de la campagne de Boris Eltsine lors de l'élection présidentielle de juin 1996. Ce qui lui vaut d'entrer au gouvernement comme premier vice-Premier ministre, en charge de la politique économique. Il n'y restera que quelques mois, jusqu'en avril 1997. Le temps de prendre deux décisions en apparence anodines, mais qui servent au mieux ses intérêts de banquier et d'investisseur. D'abord, il laisse passer le délai imparti au gouvernement pour rembourser ses emprunts. Les « oligarches » deviennent donc, de fait, les propriétaires à part entière des actions « gagées » par l'État. Surtout, il entame la privatisation de la compagnie de télécommunications Svyazinvest, la plus importante du pays. Et il l'obtiendra, en juillet de la même année, emportant 25 % du capital pour 1,8 milliard de dollars, associé à George Soros, et provoquant du même coup la rupture du front commun des « oligarches », « outrés » devant une telle impudence. Potanine n'en a cure. Au début de 1998, il est au faîte de sa puissance. Oneximbank est le quatrième groupe bancaire russe, avec des actifs évalués à 3,6 milliards de dollars. Le chiffre d'affaires des entreprises qu'il contrôle atteint les 10 milliards de dollars, leurs actifs frôlent les 40 milliards de dollars, ce qui représente alors environ 10 % du PIB russe. Il aura aussi gagné un surnom : « le baron voleur ».

L'itinéraire de Mikhaïl Khodorkovsky, âgé de 40 ans aujourd'hui, n'est pas moins singulier. Au milieu des années 80, il crée la société Menatep, autrement dit le « Centre pour les programmes scientifiques et technologiques intrasectoriels ». La raison sociale ne dit évidemment absolument pas ce qu'est cette « structure » : une société financière qui, dès la fin du gorbatchevisme, s'est lancée dans l'investissement et la banque. En 1991, Mikhaïl est déjà un homme riche, avec des actifs supérieurs à 1 milliard de francs. Il n'a pas perdu de temps non plus si l'on considère qu'il sort en 1986 seulement de l'Institut chimique technique de Moscou avec un diplôme d'ingénieur. Ingénieux, il l'est sans aucun doute, puisque à l'issue de la privatisation par *vouchers* il se retrouve à la tête d'un mini-empire industriel avec des participations dans la... chimie, mais surtout dans le pétrole.

Il est l'un des « oligarches » qui a le mieux compris le parti qu'il pouvait tirer de la « dérégulation financière ». Un peu trop bien même. En 1993, il ouvre une « banque sur Internet » à Antigua, dans les Caraïbes, dont le but est de fournir des conseils à ses clients russes sur la meilleure façon de bénéficier des avantages fiscaux de la région. Il installe une filiale à New York sans autorisation, ce qui lui vaut quelques ennuis avec la Réserve fédérale américaine. Laquelle clôt son enquête en février 1995, satisfaite des explications de la banque russe, et prête à lui accorder la licence d'opérer aux États-Unis. Les grandes avenues de Moscou se couvrent alors de panneaux publicitaires vantant les mérites de la banque Menatep, qui ouvre des guichets un peu partout. Naturellement, elle est aux premières loges lors des mises aux enchères de la fin de 1995. Khodorkovsky a jeté son dévolu sur le groupe pétrolier Yukos, le deuxième du pays après Lukhoil. Le gouvernement charge Menatep d'organiser d'abord la vente de 45 % du capital en décembre 1995. Mise à prix : 150 millions de dollars. Gagnant : une mystérieuse société, inconnue au bataillon, dénommée Laguna, pour 150,1 millions de dollars. En réalité, c'est une filiale de Menatep.

Comme si la farce n'était pas encore assez savoureuse, le gouvernement organise en décembre 1996 une nouvelle mise aux enchères pour 30 % du capital supplémentaire. Mise à prix : 160 millions de dollars, soit 20 *cents* par action, alors que la banque américaine Salomon Brothers avait évalué la compagnie à 80 *cents* l'action, notamment parce qu'elle détient d'immenses réserves, équivalentes aux deux tiers de celles de la compagnie américaine Exxon, par exemple. L'ouverture des enveloppes, le lundi 23 décembre 1996, tourne au gag. Devant une assemblée de journalistes russes hilares, Konstantin Kagalovsky, vice-président de Menatep (nous retrouverons ce personnage un peu plus loin), dévoile le nom du gagnant, la société Monblan, dont il ne peut citer ni l'adresse ni le nom du dirigeant, et qui s'avère évidemment être une filiale de la banque. Le tour est joué. «Une affaire d'initiés, par des initiés et pour des initiés », conclut sobrement le *Wall Street Journal*. On ne saurait mieux résumer l'ensemble du processus de privatisation. Mais, au passage, Khodorkovsky aura obtenu ce qu'il souhaitait : Menatep devient un acteur majeur de l'industrie pétrolière russe, et son empire s'étend à l'agro-alimentaire, au textile et à la construction.

Les mises aux enchères des participations de l'État dans les entreprises publiques se multiplieront tout au long de 1996 et 1997. Elles se dérouleront presque toutes sur le même modèle. Certains dossiers défient même l'entendement. Comme la privatisation de la société Nafta-Moscou, créée en 1994 sur les fondations de l'ex-Soyuzneftexport, ancien monopole soviétique d'exportation de produits pétroliers. Elle détient des actifs importants hors du pays, comme Suomen Petrooli en Finlande (300 stations-service et des dépôts de carburants), un terminal pétrolier à Anvers. D'après une enquête menée récemment par le journal russe *Novye Izvestia*, l'évaluation officielle de l'entreprise, au moment de sa privatisation, ressort à quelques centaines de milliers de dollars, alors que sa valeur réelle oscille entre 600 millions et 1 milliard. Une dizaine de dirigeants ont acheté directement et indirectement, par le biais de sociétés écrans, près de 30 % du capital de l'entreprise sans qu'aucune instance en Russie n'y trouve à redire.

Encore plus fort, comme le révèle une étude du professeur Bernard Black, de la Stanford Law School, la privatisation de la société minière Zarubezhtsvet-met, dont l'un des principaux actifs est une participation de 49 % dans une holding commune avec le gouvernement de la Mongolie, Erdenet, qui exploite l'une des plus grandes mines de cuivre du monde. Valeur approximative : environ 250 millions de dollars. La mise aux enchères a été remportée pour la somme de 150 000 dollars par de mystérieux « initiés » sans que la Mongolie puisse s'y opposer, en dépit du contrat liant les deux partenaires. Le gouvernement mongol a interpellé le gouvernement russe sur le sujet à plusieurs reprises, la dernière fois en septembre 1998. Rien n'y a fait. La vente a été entérinée.

La théorie des jeunes réformateurs qui ont engagé leur pays dans ce type de privatisation était qu'il valait mieux des entrepreneurs privés malhonnêtes que des entreprises gérées par les « directeurs rouges ». Cela aurait pu se concevoir si ces nouveaux actionnaires avaient été sérieusement intéressés à accroître la valeur des entreprises dont ils prenaient le contrôle, s'ils avaient restructuré en profondeur, s'ils avaient amélioré leur mode de management et leur situation financière. Il n'en sera rien.

Le bilan de ces quelques mois est consternant. L'économie russe est passée sous le contrôle d'un petit groupe d'hommes qui se sont approprié les richesses de l'État dans des conditions juridiques et financières éminemment contestables. Ils se heurteront à la résistance passive, pour ne pas dire plus, des « directeurs rouges » qui vont tout faire pour les empêcher de nommer leurs propres dirigeants.

De multiples procès sont intentés contre l'État pour contester ces mises aux enchères. Les auteurs du programme de privatisation se défendent en insistant sur la situation financière dégradée de ces entreprises, qui sont endettées, doivent des dizaines de millions de dollars d'impôts à l'État, ne paient plus leurs factures d'électricité depuis des années et ne survivent que grâce aux subventions de Moscou. C'est vrai. Mais cela justifie-t-il les conditions de ces mises aux enchères et le fait que les investisseurs étrangers aient été empêchés d'y participer ? Ces opérations révèlent aussi que la jeune élite russe a succombé aux mêmes travers que ses aînés de la période soviétique. Elle n'a pas su éviter le mélange des genres entre affairisme et politique. Le soupçon de corruption généralisée au Kremlin et à la Maison-Blanche (siège du gouvernement russe) empoisonne la vie politique. Anatoli

Tchubaïs, l'architecte de ces privatisations, est lui-même dénoncé par la presse russe pour avoir touché une avance de 90 000 dollars pour l'écriture d'un livre sur le sujet, jamais publié, mais commandé par une maison d'édition filiale du groupe Potanine.

De plus, attendre des nouveaux propriétaires de ces entreprises des investissements à long terme est un leurre. Tout simplement parce que le concept de « long terme » est inconnu dans ce pays. L'instabilité est la règle, qu'il s'agisse du rouble, du gouvernement, des lois, des décisions politiques. La seule stabilité recherchée est celle des flux financiers. Or les entreprises privatisées lors de ces enchères ont presque toutes un point commun : elles exportent leurs productions, ce qui signifie qu'elles sont à la source d'importantes recettes en devises. Peu importe que le pétrole sibérien fuie de toutes parts au point que le sous-sol est imbibé d'or noir. L'essentiel est que le pétrole que crachent les puits délabrés puisse être acheminé hors de Russie et que les devises afférentes restent dans les banques, en Russie ou à l'extérieur, pour alimenter la spéculation financière. Car les « oligarches » vont avoir une chance insolente : ils acquièrent le pouvoir économique et financier au moment même où se déclenche la folie financière internationale. L'économie-casino va s'emparer de la Russie tout entière. En une vingtaine de mois, elle emportera tout sur son passage.

CHAPITRE 4

L'économie-casino,
charmes et limites…

Entre 1996 et 1997, la capitalisation boursière de la Russie (c'est-à-dire la valeur des entreprises cotées en Bourse) passe de 10 à 100 milliards de dollars. En chiffres absolus, c'est peu, comparé à New York, Londres ou Paris. Mais la richesse virtuelle ainsi créée va entraîner le pays dans une folle tourmente. A cette période, la mode est aux marchés émergents. Des centaines de milliards de dollars sont investis sur les marchés financiers de Hong Kong, de Shanghai, de Bangkok, de Sao Paulo ou de Buenos Aires. Moscou est aussi de la fête. Il faut dire que les fonds d'investissement anglo-saxons ont été longtemps frustrés. Après quelques tentatives au début des années 90 sur un marché financier encore balbutiant, mais où l'on peut déjà faire quelques « aller et retour » fructueux, ils ont vite compris que la première phase de la privatisation allait se dérouler entre Russes. Par ailleurs, la situation macro-économique du pays n'incite guère à prendre des risques inconsidérés.

En 1996, le climat change. Les stratèges des grandes banques d'investissement américaines et britanniques commencent à sortir de leur prudente réserve. Ainsi, le 2 février 1996, la banque américaine Morgan Stanley publie pour la première fois un document de 80 pages sur le marché russe des actions, sobrement intitulé *Not if, but when*. Suit une analyse détaillée de l'économie, de la situation politique et des grandes entreprises. Conclusion : « La leçon des quatre dernières années est que, en dépit d'événements politiques volatils, la transformation de la Russie en quelque chose qui s'approche de l'économie de marché a continué [...]. La combinaison entre la stabilisation macro-économique et le changement d'état d'esprit au sein du management des entreprises devrait provoquer une réévaluation du marché au cours des prochaines années. La liquidité est faible, de sorte que les hausses pourraient être très rapides. Les investisseurs sur les marchés émergents devraient augmenter largement leur exposition. » D'autres professionnels sont encore plus enthousiastes : « La Russie est en train de devenir l'un des plus grands marchés du monde », lance le président du Crédit suisse First Boston, une grande banque d'investissement dont les analyses font autorité. La banque se lancera d'ailleurs à fond dans l'investissement en Russie et dans la gestion des fortunes des nouveaux riches. Après la crise de 1998, elle devra passer pour plus de 1 milliard de dollars de provisions.

Compte tenu de l'esprit moutonnier qui règne dans les milieux financiers, les capitaux commencent à affluer vers la Bourse de Moscou. Elle monte de 156 % en 1996, puis encore de 60 % dans les premiers mois de 1997. C'est alors le marché émergent le plus performant du monde. Le volume quotidien des transactions approche les 100 millions de dollars. Les fonds d'investissement les plus performants des États-Unis sont ceux qui ont acheté le plus d'actions de sociétés russes. Ainsi, le fonds de retraite de l'État du Wisconsin, qui gère 45 milliards de capitaux, investit 35 millions de dollars dans deux fonds russes, gérés par des poids lourds du métier, Templeton et Barings. « La Russie est plus attractive que la Chine », affirme le directeur du fonds de pension au *Wall Street Journal*. Moscou prend des airs de Wall Street. Les banques ouvrent des salles de marchés, embauchent de jeunes *traders*, les paient 3 000 ou 4 000 dollars par mois. La capitalisation boursière des entreprises s'envole.

On peut considérer que le pic du marché est atteint vers la mi-1997. A ce moment-là, Gazprom vaut

13 milliards de dollars, Lukhoil 12,7 milliards, Yukos 4,7 milliards, selon le classement établi le 28 juillet 1997 par le magazine économique *Russia Review*. Yukos justement : on se souvient que Mikhaïl Khodorkovsky a acquis en deux fois près de 80 % du capital de l'entreprise pour un montant d'environ 300 millions de dollars. Quelques mois plus tard, ces 80 % valent 3,8 milliards de dollars, soit une augmentation de plus de 1 200 %. Même chose pour Sidanko, qui vaut plus de 2 milliards de dollars en Bourse en juillet 1997, soit pour Vladimir Potanine une « culbute » de même proportion. Cette même année, il vend 10 % du capital de Sidanko au groupe pétrolier BP-Amoco pour 571 millions de dollars. C'est la première fois qu'un occidental prend un « ticket » de cette importance dans le pétrole russe. A l'époque, toute l'industrie le qualifie de pari audacieux. Malgré les intenses sollicitations dont ils sont l'objet de la part des industriels russes du secteur, les groupes étrangers sont méfiants devant les chiffres qu'on leur fait miroiter, qu'il s'agisse des bénéfices supposés des compagnies ou de leurs réserves de pétrole, probablement largement surestimées. Après la crise d'août 1998, Potanine place Sidanko en faillite, et il faudra attendre le 23 juillet 1999 pour que BP-Amoco obtienne la nomination d'un administrateur indépendant pour enfin parvenir à un accord sur la restructuration de la compagnie.

Le cas de Gazprom est particulièrement intéressant et presque unique dans les annales du capitalisme. Sous le régime communiste, Gazprom est le ministère du gaz, qui détient le monopole de sa distribution à l'intérieur de l'URSS et en exporte de larges quantités, notamment en Allemagne et en France. A la fin des années 90, il se transforme en une entreprise par actions, détenue à 100 % par l'État, qui décide en 1994 de privatiser une bonne partie de son capital, n'en conservant que 40 % environ. L'homme qui a régné sur cette super-puissance industrielle, qui contrôle un tiers des réserves mondiales de gaz, n'est autre que Viktor Tchernomyrdine, ministre de l'Industrie gazière de 1985 à 1989, puis président de Gazprom, avant d'être nommé Premier ministre par Boris Eltsine en 1992. A cette époque, c'est Rem Vyakhirev, son adjoint, qui a fait toute sa carrière dans l'entreprise, qui lui succède. En juillet 1997, Gazprom est évalué par la Bourse à 13,7 milliards de dollars. Question : combien d'actions détiennent les dirigeants anciens et actuels de l'entreprise ? C'est l'un des secrets les mieux gardés de Russie, car Gazprom a tout simplement décidé de ne donner aucune information sur ses actionnaires russes. Elle contrôle d'ailleurs de façon très étroite l'identité desdits actionnaires et se réserve le droit de refuser ceux qui ne lui plaisent pas. La cotation même de Gazprom est un casse-tête. Deux sortes de titres sont sur le marché : ceux auxquels ont accès les citoyens russes et des titres spéciaux réservés aux investisseurs étrangers. En octobre 1996, la société publie pour la première fois une note d'information à l'occasion de la vente de 1 % de son capital aux investisseurs internationaux. On y apprend alors que le « management » détient 15,9 millions d'actions sur les 23,7 milliards qui composent le capital, soit environ 0,06 %. En 1994, l'action vaut environ 8 *cents*, ce qui valorise la part de la direction à environ 1 272 000 dollars. Mais l'émission d'octobre 1996 est réalisée à 1,55 dollar l'action. Puis, au début de 1997, le cours de Bourse est à 2,18 dollars. Le « management » est alors à la tête d'un portefeuille de 34,6 millions de dollars. Évidemment, de nombreux observateurs soupçonnent la direction de Gazprom de s'être procuré une part beaucoup plus importante du capital. La preuve n'en a jamais été apportée, même si à Moscou les rumeurs courent depuis longtemps sur l'immense fortune dont disposerait Viktor Tchernomyrdine grâce aux actions qu'il détiendrait. Toujours est-il que, dès la mi-1994, une mystérieuse société d'investissement tchèque aurait ramassé, grâce à un schéma très complexe et à une navette d'argent liquide entre Prague et Moscou, plus de 800 millions d'actions de Gazprom, à une époque où les étrangers n'étaient pas autorisés à en acquérir. Détectés par les dirigeants de l'entreprise, ils auraient conclu un accord les autorisant à conserver 200 millions d'actions. Ils ont dû en rendre 600 millions, dont la trace s'est, semble-t-il, évaporée. Au cours de la mi-1997, ces actions valaient un peu moins de 350 millions de dollars... D'autres chiffres courent à Moscou qui créditent Tchernomyrdine et Viakhirev de 5 à 6 % du capital de Gazprom chacun, ce qui en ferait des milliardaires en dollars. Mais aucun élément fiable ne vient confirmer ces évaluations.

Pour les « oligarches », en tout cas, l'envolée des cours de Bourse se traduit par un enrichissement sans précédent. Il faut dire qu'ils ne ménagent pas leurs efforts pour habiller la mariée, c'est-à-dire pour « vendre » leurs groupes aux investisseurs. *Road shows*, plaquettes luxueuses, notes d'informations, émissions de titres aux États-Unis et à Londres, émissions d'obligations convertibles..., tout y passe. Certains investisseurs ne sont pas dupes et s'interrogent sur le sérieux des informations distillées. Mais la plupart d'entre eux entrent dans le jeu.

La réalité est évidemment toute différente. Ce que les investisseurs ne savent pas, c'est qu'en coulisse beaucoup de ces entreprises sont pillées de l'intérieur, dans des proportions plus ou moins larges. Dans l'industrie pétrolière, l'usage est souvent d'évaluer une compagnie en fonction des réserves de pétrole dites « prouvées » qu'elle détient. Mesurées à cette aune, les compagnies pétrolières russes, qui représentent l'essentiel de la capitalisation boursière, apparaissent comme relativement bon marché par rapport aux normes internationales. A condition que les autres critères d'évaluation (la capacité bénéficiaire, l'endettement, le cash-flow) soient fiables. Or, ils ne le sont guère, malgré les audits comptables que réalisent de grands cabinets avec les pièces qu'on veut bien leur communiquer. On sait aujourd'hui que des pilules empoisonnées circulent dans les veines et les artères de beaucoup de grandes entreprises. Elles sont particulièrement difficiles à déceler pour des investisseurs étrangers qui, même s'ils ont le loisir d'aller au fin fond de la Sibérie pour se rendre compte par eux-mêmes de l'état des entreprises dans lesquelles ils placent leurs capitaux, sont confrontés à des directions locales rugueuses et cachottières. Le sport le plus souvent pratiqué dans ces entreprises est le détournement d'actifs. Il prend des formes multiples, la plus simple étant le système de la société écran.

Prenons un exemple fictif : une compagnie pétrolière russe vend son pétrole en roubles à une société commerciale russe pour l'équivalent de 15 dollars le baril, alors que le cours mondial est à 20 dollars.

Cette société commerciale, qui n'est pas officiellement liée à la compagnie pétrolière, revend ce
pétrole, en dollars, à l'étranger et au prix mondial. La
compagnie est donc «volée» de 5 dollars sur chaque
baril, son chiffre d'affaires en souffre, sa rentabilité
également. La société commerciale accumule du profit en devises qu'elle place sur des comptes hors de
Russie, de préférence dans des paradis fiscaux. On
aura compris que les dirigeants de la compagnie
pétrolière sont aussi les actionnaires de la société
commerciale et qu'ils sont complices du vol.

La réalité n'est pas loin de la fiction. Des analystes
financiers s'interrogent notamment sur les résultats
de Yukos, qui affiche en 1997 un chiffre d'affaires par
baril inférieur de 3 dollars à ce qu'il devrait être,
compte tenu des cours du pétrole de l'époque.

Ce schéma se reproduit à l'infini dans la plupart
des secteurs, avec quelques variantes. Il n'est pas
d'une grande originalité, mais il est efficace dans
un pays où les contrôles douaniers sont lâches et où
l'État ne peut pas se faire respecter.

Les exemples de ces montages abondent, et la
presse russe s'en fait l'écho régulièrement. Ainsi, celui
de la société Itera, basée aux États-Unis et dirigée par
Igor Makarov, un ancien cycliste de haut niveau.
Cette entreprise agit comme intermédiaire auprès de
Gazprom pour la vente de gaz dans certaines ex-répu-

bliques soviétiques, une activité qui lui rapporterait entre 400 et 500 millions de dollars par an. Elle est très active dans les pays Baltes, mais aussi au Turkménistan et en Ukraine. Lorsque l'on connaît la puissance de Gazprom et que l'on considère sa position monopolistique sur le marché en Russie et dans les pays de la CEI, on ne peut que s'étonner du fait qu'elle laisse opérer une société commerciale « indépendante », se privant ainsi d'un chiffre d'affaires important. Ce qui n'empêche pas Gazprom d'annoncer, sans sourciller, 7,8 milliards de dollars de pertes pour l'exercice 1998...

Les actionnaires étrangers des entreprises russes n'ont découvert que sur le tard les ressorts secrets de la pièce que l'on jouait devant eux. L'économie de marché était largement une fiction et la protection des intérêts des actionnaires minoritaires, souvent un leurre. Dans la plupart des cas, ils n'ont pas vu ou pas voulu voir l'ampleur des échafaudages frauduleux montés par les entreprises dont ils étaient associés. Ils n'ont pas repéré à temps le vaste système de pillage des liquidités qu'elles ont mis en place. Ils ont été victimes du « village Potemkine » construit à leur intention. En apparence, tout semblait fonctionner : des banques aux sièges rutilants, des jeunes gens affables habillés avec recherche et s'exprimant dans un anglais parfait, des patrons charismatiques, un vocabulaire familier, des valeurs partagées. Même s'ils se doutaient que tout n'était pas d'une limpidité exemplaire dans le fonctionnement des banques et des entreprises, ils avaient confiance dans le fait que, progressivement, la Russie se rapprochait des standards mondiaux en matière de *corporate governance*, c'est-à-dire de loyauté et de transparence de l'information. Au fond, personne ne s'est vraiment demandé comment des hommes sans fortune, issus d'une société bureaucratique, avaient pu bâtir en quelques années, voire en quelques mois, des patrimoines considérables, là où en Europe ou aux États-Unis il aurait fallu entre dix et vingt ans. Dans le classement de *Forbes* de juillet 1997, tous les « oligarches » sont là. Bérézovsky, Khodokorsky, Alekperov, Potanine ont gagné leur place dans le « gotha » mondial aux côtés des Bernard Arnault, François Pinault, Richard Branson, Michel David-Weil ou des Rothschild.

La crise de l'été 1998 bouleverse évidemment en profondeur cette belle construction. L'effondrement des banques et des marchés financiers, pour les raisons que nous analysons dans le chapitre suivant, va mettre à nu un certain nombre de pratiques. Le voile tombe peu à peu devant des observateurs étrangers d'abord incrédules, puis scandalisés.

Plusieurs cas ont particulièrement défrayé la chronique et font l'objet, encore aujourd'hui, de procédures judiciaires. L'un concerne Yukos, encore. Selon les travaux du professeur Black, cette entreprise aurait consciencieusement pillé ses filiales, leur achetant le pétrole à environ 7,5 dollars le baril, un prix tellement bas que ces dernières, qui faisaient apparaître un bénéfice d'environ 1 milliard de dollars avant que Yukos n'en prenne le contrôle, se retrouvent vite dans le rouge. C'est un vol pur et simple (évalué à 500 millions de dollars par les analystes financiers pour le seul exercice 1998) au détriment des actionnaires minoritaires. Lors de la crise de 1998, Mikhaïl Khodorkovsky laisse Yukos se déclarer en défaut vis-à-vis de ses banquiers étrangers auxquels il doit 236 millions de dollars. Trois banques (la Westdeutsche Landesbank, Daïwa et la South Africa's Standard Bank) se retrouvent avec 30 % du capital de la compagnie. Au début de 1999, Khodorkovsky met en place un schéma extrêmement complexe qui revient à transférer la majeure partie de ses actifs (les participations qu'il détient dans des compagnies pétrolières de première importance comme Tomskneft, Yuganskneft et Samaraneftgaz) dans de mystérieuses sociétés financières basées dans l'île de Man, à Chypre, aux Bahamas et dans les îles Vierges. Ce processus revient à faire de Yukos une coquille vide, « riche » seulement de 1 milliard de dollars de dettes, et de transférer sa véritable richesse dans des sociétés dont Khodorkovsky et ses alliés sont probablement les vrais propriétaires, bien que cela n'ait jamais pu être démontré de façon formelle. Les actionnaires étrangers de Yukos n'ont pu s'opposer à cette manœuvre, car une décision de justice, prise à la veille de l'assemblée générale des actionnaires, leur a interdit d'exercer leurs droits de vote. Des hommes en armes leur interdisent même l'accès à la salle de réunion, dont le lieu a été changé la veille, sans préavis. Ils ont multiplié les recours, sans résultats flagrants jusqu'à aujourd'hui. En mai dernier, Mikhaïl Khodorkovsky paradait à New York et à Washington pour « défendre » son plan...

Pillage encore chez Sibneft, une autre grande holding pétrolière appartenant à Boris Bérézovsky, dont la principale filiale est Noyabrskneftgaz. En 1996, cette dernière affiche un profit de 600 millions de dollars. En 1997, elle est tout juste à l'équilibre. En 1998, l'assemblée générale de la compagnie vote une énorme augmentation de capital au profit de quatre acheteurs en relation avec Sibneft sur la base d'une évaluation fantaisiste, qui ressort à 1 % de la valeur de l'entreprise avant sa reprise par Sibneft.

On pourrait multiplier les exemples de décisions de ce genre en contradiction même avec les lois russes, au mépris total de la règle internationale, avec le concours de certaines juridictions locales. Ce détournement quasi systématique des actifs et des liquidités des entreprises au profit de coquilles financières détenues par leurs dirigeants est quasiment incontrôlable. Jeffrey Hertzfeld, grand avocat d'affaires qui travaille en Russie depuis une bonne trentaine d'années, résume ainsi cette étrange situation : « En Russie, il y a des lois, mais pas de droit. » Depuis 1991, les législateurs russes ont bien produit 160 tomes de lois économiques et financières, mais la sécurité juridique est encore à inventer.

CHAPITRE 5

Quand l'État
se vole lui-même…

Tout le monde se souvient encore de la crise ouverte le 17 août 1998, lorsque le gouvernement russe, dirigé alors par un jeune homme de 35 ans, Serguei Kirienko, annonce la dévaluation du rouble et un moratoire sur le remboursement de la dette intérieure. C'est un véritable coup de tonnerre sur les marchés financiers mondiaux, qui entraîne notamment l'effondrement de l'un des plus importants fonds à risque américain, LTCM. Une crise financière majeure frappe la Russie mais également un grand nombre d'établissements financiers étrangers. La banque saute, le casino russe ferme ses portes. Les économistes fournissent de nombreuses explications, toutes pertinentes et rationnelles : cours du pétrole déprimés à cette époque, ce qui prive l'État de précieuses rentrées de devises; déficit chronique des finances publiques; déprime sur tous les marchés émergents du monde, particulièrement en Asie, ce qui touche la Russie par ricochet; doutes sur la capacité de Boris Eltsine à poursuivre normalement son mandat présidentiel; effets négatifs sur les investisseurs du limogeage inattendu, en mars de cette même année, de Viktor Tchernomyrdine et son remplacement par un homme inexpérimenté. Tous ces éléments ont compté, sans doute. Mais on peut en faire aussi une autre lecture, en tenant compte de la réalité de la Russie à ce moment-là, de ses mœurs politiques et financières. D'une certaine façon, la crise d'août 1998 est la conséquence logique du « hold-up » décrit plus haut, le bouquet final, l'embrasement général. Même si nous sommes loin d'en connaître tous les tenants et aboutissants, les tractations secrètes qui l'ont précédé et suivi, le scénario qu'ont joué les autorités russes à cette occasion est l'un des plus invraisemblables de l'histoire économique récente.

Le problème central réside, c'est vrai, dans l'état des finances publiques russes. Le déficit du budget est chronique. Il a atteint jusqu'à 7 % du produit intérieur brut (la France, qui n'est pas le pays le plus vertueux de la planète en cette matière, affichera l'année prochaine un déficit de l'ordre de 2 %). Comment imaginer qu'il puisse en être autrement ? L'État doit faire face à d'énormes dépenses, ses fonds sont allègrement pillés par les banques commerciales auxquelles il en a confié la gestion, les impôts ne rentrent pas puisque les entreprises qui sont censées les payer accumulent d'énormes dettes vis-à-vis de l'État et sont elles-mêmes pillées par leurs propriétaires. Seuls 4 millions de Russes déclarent leurs revenus à l'État, sur 150 millions d'habitants. Le manque à gagner fiscal est évalué à environ 10 milliards de dollars par an. C'est d'ailleurs à peu près le montant des sorties de capitaux, qui oscillent depuis le début des années 90 entre 10 et 15 milliards de dollars par an. Il faut dire que le système fiscal russe est complexe, qu'il surtaxe les profits (dans certains cas, les impôts représentent 100 % des bénéfices) et que le gouvernement s'est installé dans une sorte de cercle vicieux, du style « puisque je n'ai pas suffisamment de recettes fiscales, je vais augmenter encore un peu les impôts », ce qui achève de décourager les contribuables les plus vertueux. Bref, l'équivalent de 100 à 150 milliards de dollars sont sortis de Russie depuis dix ans, mais l'État est pauvre comme Job.

Il existe au moins deux façons de financer un déficit budgétaire : faire marcher la planche à billets en créant de la monnaie ou emprunter l'argent nécessaire sur les marchés financiers en émettant des obligations. La première solution est interdite à la Russie car elle provoque évidemment une forte inflation. Et, les accords qui lient le pays au FMI l'empêchent de se livrer à cette facilité. A cette époque, le rouble évolue dans un « corridor » qui lui assure une certaine stabilité contre le dollar. Reste à émettre du « papier ». C'est la solution qu'inaugure Viktor Tchernomyrdine dès 1993 en lançant les GKO, des bons du Trésor à court terme. Il ne se doute pas qu'il a mis en branle une machine infernale. Ce n'est pas l'instrument lui-même qui est en cause – tous les pays développés ou presque ont recours à ce moyen de financement –, c'est plutôt l'utilisation de ces GKO et leur gestion par l'État et la Banque centrale qui se révéleront calamiteuses. Dans un système économique normal, les bons du Trésor rapportent relativement peu, car ils sont considérés comme portant un risque quasi nul. En Russie, les taux auxquels le gouvernement va devoir émettre ces titres vont se montrer très volatils. Ils oscillent entre 20 et... 200 % ou plus selon les périodes. Une véritable bizarrerie financière : un titre d'État, réputé sûr, traité comme une valeur hautement spéculative.

Les GKO vont remporter un grand succès. Le gouvernement pousse les banques russes à en prendre un maximum, lesquelles s'exécutent volontiers compte tenu du taux de rendement offert. Les banques étrangères s'y mettent aussi à partir de 1997. Les émissions sont couvertes en quelques heures. Oubliée la planche à billets, vive la planche à GKO ! Pour le FMI, il ne s'agit pas d'une dette extérieure mais domestique puisque les titres sont émis en roubles et l'on n'a encore jamais vu un grand pays, en temps de paix, faire défaut sur sa dette domestique. Pour le gouvernement, c'est la preuve qu'il peut financer un déficit budgétaire presque sans douleur, ce qui évite de provoquer des réformes de structures sur les dépenses publiques et les rentrées fiscales. Dans le climat politique de la Russie d'alors, c'est toujours cela de gagné. Les GKO ont notamment permis à Boris Eltsine de déserrer la contrainte budgétaire lors de la campagne électorale de 1996.

Le mouvement prend de l'ampleur, comme dans une pyramide financière. En mars 1996, les émissions de GKO représentent 5,5 % du PIB ; un an plus tard, 11,3 %. Pour rembourser les titres venant à échéance, on en émet de nouveaux. A 20 % de taux d'intérêt, c'est gérable ; à 50, 100 ou 200 %, c'est l'écrasement assuré.

C'est à la fin de 1997 que les clignotants rouges commencent à s'allumer. Le début de la crise asiatique entraîne une sévère déprime sur les marchés financiers russes. Le cours des actions baisse, les taux d'intérêt sur les GKO montent. Pour les investisseurs, c'est une excellente affaire, car peu de titres offrent de tels rendements. Pour l'État, c'est la ruine quasi certaine, mais il ne le sait pas encore. Il tente pourtant de trouver des financements ailleurs pour diminuer le poids des GKO. En juin 1997, la Russie emprunte secrètement plusieurs centaines de millions de dollars à George Soros. En novembre et décembre 1997, elle emprunte à nouveau, discrètement, 950 millions de dollars à plusieurs banques occidentales, puis encore 200 millions de dollars au printemps 1998, sans compter plusieurs émissions d'eurobonds, dont une de 1,25 milliard de dollars début juin.

Au début de l'été 1998, la machine s'emballe. L'État éprouve de plus en plus de difficultés à placer ses émissions de GKO. Les investisseurs refluent, convertissent leurs roubles en dollars, ce qui place la monnaie russe sous une pression intense.

On imagine l'atmosphère qui règne alors au sein du gouvernement et chez les « oligarches ». Le premier veut éviter une dévaluation. Les seconds, qui contrôlent presque tous des compagnies pétrolières, la réclament mais s'opposent à une restructuration de la dette domestique qui les laisserait, en tant que banquiers, avec du « papier » sans valeur ou presque. Mais on devine la préoccupation essentielle des « oligarches » : comment sauver le « cash » ? Comment sortir à temps de cette pyramide financière et mettre ses liquidités à l'abri ? Évidemment, on ne possède aucun enregistrement des conversations secrètes qui se tenaient à ce moment-là et aucun des acteurs de la crise n'a raconté ce qui se tramait réellement en coulisse. Toujours est-il que Serguei Kirienko, le 17 août, annonce au monde entier effaré deux décisions aux conséquences économiques et financières incalculables : il dévalue le rouble de fait et déclare un moratoire de trois mois sur le remboursement des GKO. 53 milliards de dollars de dette intérieure sont gelés, les banques étrangères se retrouvent avec près de 20 milliards de dollars de créances vis-à-vis de leurs homologues russes, essentiellement des contrats de change à terme.

Techniquement, la décision se comprend : lâcher la monnaie est devenu une nécessité à cause de l'ampleur de la fuite devant le rouble au cours de l'été. Déclarer le moratoire sur la dette intérieure est le seul moyen, parallèlement, d'éviter que les banques russes ne perdent, instantanément, des milliards de dollars sur leurs contrats de change. Faire les deux est une innovation en matière financière, et la vérité oblige à dire que peu d'observateurs s'attendaient à ce processus à double détente. L'hypothèse la plus souvent avancée alors était celle de la dévaluation du rouble, selon les conseils amicaux de George Soros. Reste que la pilule est tout de même difficile à avaler pour la communauté financière internationale, qui se retrouve « collée » avec un papier et des dettes dont elle sait déjà qu'elle ne récupérera qu'une infime partie.

En réalité, le moratoire, prévu pour 90 jours, va se prolonger, et ce n'est qu'au printemps 1999 que le gouvernement russe proposera un plan de remboursement aux banques étrangères. Dans le meilleur des cas, ces dernières retrouveront entre 15 et 20 % de leurs engagements. Chacune aura perdu entre 200 millions et 1 milliard de dollars.

Deux questions clés se posent si l'on veut examiner de près cette décision. Des « initiés » en ont-ils eu connaissance avant qu'elle ne soit prise ? Quel a été le rôle exact de la Banque centrale dans cette crise ?

La réponse à la première question est d'importance. Dans ce genre de situation où un pays est confronté à une spéculation contre sa monnaie, au point d'envisager une dévaluation (la France a été plusieurs fois dans ce cas), la décision finale est entourée du plus grand secret, à la fois dans sa préparation et dans son annonce. L'objectif est d'interrompre un soutien de la monnaie avant qu'il n'engouffre trop de réserves de change du pays concerné. Le maintien du secret exige évidemment que le gouvernement soit solidaire de cette décision et que les antichambres des ministres ne soient pas ouvertes à tout vent, en particulier aux groupes de pression de toute nature. La séquence des événements du printemps et de l'été 1998 en Russie n'obéit pas complètement à ces règles élémentaires de prudence. A cette époque, la pression sur le gouvernement est très forte. Il y a d'abord celle des marchés en général. La crise des pays émergents ne peut guère éviter de frapper la Russie. Les capitaux recherchent les signatures de qualité, ce qui, en jargon financier, signifie qu'ils émigrent des zones jugées non sûres pour refluer sur les marchés américains ou européens. La Bourse de Moscou est naturellement entraînée dans la spirale de la baisse : plus de 40 % en quelques semaines. Par ailleurs, l'état des finances publiques ne cesse d'empirer, au point que le taux d'intérêt sur les GKO passe en quelques semaines de 30 à 150 %, pour frôler et même dépasser les 200 %. Pendant toute une période, le gouvernement russe tente de nier l'évidence. Dans une longue interview au *Figaro*, le 2 juin, le Premier ministre Serguei Kirienko veut se montrer rassurant : « La situation des marchés financiers est sous contrôle. Il n'y aura pas de dévaluation : nous maintiendrons le cours du rouble. » Il soutient que son gouvernement pourra effectuer les coupes budgétaires qu'il envisage depuis longtemps déjà, notamment dans les dépenses sociales. Il en est évidemment bien incapable pour la bonne raison que prendre encore davantage aux plus démunis, au nom de la stabilité du rouble, est tout simplement « invendable » à la Douma, qui refuse avec constance tout ce qui peut ressembler à une restructuration sérieuse des dépenses publiques. Au début de juin encore, le nouveau patron des services fiscaux, le jeune réformateur Boris Fyodorov, confie au *Wall Street Journal* que la situation fiscale du pays s'améliore, alors que la réalité est tout autre : jamais la fraude fiscale n'a été aussi généralisée.

A la fin du mois de juin, la messe est dite. Pour l'ensemble de la communauté financière internationale, la Russie se trouve dans l'obligation technique de stopper l'hémorragie. Les éditoriaux se multiplient dans la presse financière anglo-saxonne. Et ce n'est pas l'inauguration en grande pompe, le 18 juin, des nouveaux locaux de Goldman Sachs, en présence de l'ancien président américain George Bush, qui peut modifier cette pente fatale.

Néanmoins, le gouvernement tient bon. Il faut dire qu'il négocie intensément avec le FMI l'obtention de nouveaux prêts. C'est l'homme de confiance de Boris Eltsine, Anatoli Tchubaïs, qui mène les discussions (alors qu'il n'est plus membre du gouvernement). Celles-ci traînent en longueur, mais elles aboutissent, à la surprise générale, le lundi 13 juillet, à l'octroi à la Russie d'un prêt record de 22,6 milliards de dollars pour 1998-1999, dont 14,8 milliards doivent être débloqués à la fin de 1998. La situation est jugée suffisamment grave pour que, quelques jours après l'annonce, une avance de près de 6 milliards soit débloquée. Le montant du prêt du FMI est historiquement élevé. La communauté financière internationale est rassurée : le soutien du rouble est possible, le spectre de la dévaluation s'évanouit, « la Russie est notablement fortifiée », déclare même Michel Camdessus, le directeur général du FMI.

Un mois plus tard, c'est la décision que l'on sait. Pourquoi la situation ne s'est-elle pas améliorée, comme l'ensemble des observateurs s'y attendaient, et pourquoi les sorties de capitaux se sont-elles encore accélérées ? Deux explications sont possibles. La première est technique, comme nous l'avons déjà indiqué : le prêt du FMI ne convainc pas les marchés, le redressement des finances publiques est un leurre ; rien ni personne ne pouvait différer la dévaluation et le défaut sur les GKO. La seconde est plus dérangeante : le gouvernement avait bel et bien décidé une dévaluation, mais il voulait laisser le temps à certains investisseurs de quitter le navire en sauvant l'essentiel.

Les preuves de réunions secrètes entre le gouvernement et les banquiers n'ont jamais été rapportées. Il suffit de connaître la mécanique du pouvoir russe pour acquérir rapidement la conviction que certains savaient probablement que la décision de dévaluer et de faire défaut sur les GKO était imminente. Avec le recul, certains banquiers étrangers installés à Moscou commencent à accréditer la thèse du « complot ». « Les banquiers russes savaient qu'ils perdraient gros dans une dévaluation. Ils ont imaginé un processus par lequel l'État les dégagerait de leurs obligations vis-à-vis de leurs créanciers étrangers. Le moratoire sur la dette interne revient exactement à cela. Ce défaut a été organisé. Il a donné un répit aux banques pour qu'elles se refassent », dit un banquier européen qui travaille en Russie depuis de très nombreuses années. Tous ne vont pas jusque-là et mettent en avant que les vrais perdants de la crise du 17 août sont les banques russes, les entreprises russes, les investisseurs russes, porteurs de GKO. Certes, les banques étrangères y ont laissé des plumes (plusieurs dizaines de milliards de dollars), mais elles y ont aussi trouvé leur compte lorsque le « casino » fonctionnait à plein.

Toujours est-il que certains faits sont troublants. Au cours de la dizaine de jours qui précède l'annonce de la décision, les fuites de capitaux s'accélèrent. Entre le 8 et le 14 août, la Banque centrale vend entre 400 et 500 millions de dollars par jour pour faire face à l'afflux de roubles sur le marché. En réalité, l'essentiel de l'avance du FMI, plus de 5 milliards de dollars, a été consacré au soutien du rouble dans les deux ou trois semaines qui ont précédé la dévaluation. Aveuglement ? On ne le saura probablement jamais, même si les investigations en cours autour de la Bank of New York (voir le chapitre suivant) permettent de se faire une petite idée sur l'intensité des sorties de capitaux durant le printemps et l'été 1998.

L'ambiance qui règne à Moscou dans les jours qui suivent cette décision est alors curieuse. Les dirigeants que l'on peut rencontrer font preuve d'une relative décontraction. Ils tiennent pour responsables de la crise financière surtout les investisseurs et les banques étrangères, qui auraient profité du « casino » sur les GKO pour gagner des centaines de millions de dollars et auraient déserté la Russie dès les premiers émois sur les marchés émergents. C'est peut-être en partie vrai, mais cela n'explique pas tout.

Plusieurs semaines après, en octobre, Anatoli Tchubaïs reçoit *L'Expansion* à Moscou. Nous l'interrogeons longuement sur la crise du 17 août. Il s'en tient à l'explication « technique ». Les réformateurs, dit-il en substance, n'ont jamais pu convaincre la Douma d'engager une baisse sérieuse des dépenses publiques. Du coup, la prime de risque sur les GKO s'est envolée. Il raconte : « Le dimanche 16 août 1998, dans le bureau du président Eltsine, nous étions conscients de la gravité de ce que nous allions faire [...]. Mais il n'y avait aucune chance de l'éviter. Je suis formel. Le mercredi suivant, nous devions mettre aux enchères une nouvelle tranche de GKO et nous ne l'aurions pas couverte. Nous aurions pu le camoufler pendant quelques heures encore, mais il aurait bien fallu annoncer un jour que les caisses de l'État étaient vides. » Pas un mot sur un éventuel délit d'initiés ni sur ceux qui auraient profité de la pyramide financière des GKO, « un fantasme nourri par le Parti communiste ».

Le rôle de la Banque centrale de Russie dans cette crise soulève également de nombreuses questions. Dans un État correctement géré, une banque centrale a pour mission d'atténuer autant que faire se peut les tensions monétaires et proposer au gouvernement des solutions pour tenir la monnaie et stabiliser le coût de l'endettement public, ce qui peut parfois s'avérer contradictoire. La Banque centrale russe a tenu le cours du rouble et a assuré pendant une assez longue période une stabilité réelle des prix, mais avec les tensions que l'on a décrites plus haut. Dans la crise des GKO, elle a probablement commis des erreurs techniques. Lorsque, en mars 1998, elle imagine allonger la maturité des bons du Trésor et les porter à 3 ans au lieu de 3 mois, c'est à la fois trop long pour les investisseurs et trop tard dans le *timing*.

La Banque centrale de Russie avec ses 100 000 employés est l'une des organisations les plus puissantes et les plus secrètes du pays. Elle possède d'innombrables propriétés sur tout le territoire, y compris des complexes touristiques et des immeubles d'habitation, le tout évalué à environ 1 milliard de dollars. En outre, elle ne s'est pas toujours comportée avec la rigueur ni la transparence que l'on est en droit d'attendre d'une telle institution. C'est le moins que l'on puisse dire.

Elle est même l'objet d'une intense polémique en Russie à propos d'une société *off shore* basée à Jersey, Fimaco, filiale directe de l'Eurobank dont le siège est à Paris, elle-même filiale de la Banque centrale. Le fait même qu'une banque centrale dispose d'une filiale dans un paradis fiscal est assez peu courant pour être noté. De plus, les activités de Fimaco sont loin d'être claires. Des investigations menées en Russie montrent que, peu après sa création le 27 novembre 1990, elle a servi à recycler des fonds appartenant au Parti communiste de l'URSS. Elle a également accueilli une partie de différents crédits en devises accordés à la Russie par certains pays étrangers. Surtout, à partir de 1992, la Banque centrale a commencé à transférer vers Fimaco des fonds provenant des prêts du FMI et de ses propres réserves de change : au moins 1 milliard de dollars en novembre 1992 et 1,2 milliard durant l'été 1993, selon un audit mené par la firme Price-WaterhouseCoopers. La raison officielle de ces transferts était de « protéger » les réserves en devises du pays contre des tentatives de saisie opérées par des créditeurs étrangers à un moment où la Russie était en défaut de paiement sur un certain nombre de ses emprunts. La pratique est pour le moins curieuse. D'autant que Fimaco va injecter une partie de ces fonds dans le « casino » des GKO, participant ainsi à la folie spéculative des années 1996-1997. Elle investit 500 millions de dollars en décembre 1995, puis encore 705 millions entre le 27 mars et le 28 mai 1996, en pleine campagne pour l'élection présidentielle russe. Sur cette seule opération, le gain sera de 383 millions de dollars (ce qui est proprement stupéfiant), dont 321 millions seront récupérés par la Banque centrale, 62 millions par l'Eurobank et 20 millions par Fimaco. Encore n'est-ce probablement que la partie émergée de l'iceberg. Au total, ce sont 37 milliards de dollars qui auraient transité par Fimaco. Le rapport de PriceWaterhouseCoopers, commandé par le FMI lorsque l'existence de Fimaco a été dévoilée par la presse russe, est écrit en termes volontairement neutres et insiste plusieurs fois sur le fait qu'il a travaillé sur les pièces que les officiels de la banque ont bien voulu lui montrer. Il est muet, en particulier, sur la destination des « profits » logés chez Fimaco, ce qui n'est pas une question secondaire.

Nikolaï Gontchar, député de la Douma, le premier à avoir dénoncé les activités de Fimaco, a révélé que l'Eurobank, par l'intermédiaire d'une filiale, Eurofinance – dont Fimaco détenait 35 % du capital aux côtés d'autres banques russes, du fabricant d'avions militaires Mapo-Mig [*sic*] et de la compagnie pétrolière Yukos –, était devenue l'un des opérateurs les plus importants sur le marché des GKO, pour des montants bien supérieurs à ceux qui figurent dans l'audit de PriceWaterhouseCoopers. En réalité, Fimaco a été l'instrument de la Banque centrale de l'URSS pour mobiliser des « sources non traditionnelles » de financement. Elle a continué à jouer ce rôle après 1991, dans des conditions très contestables. Il est peu fréquent qu'une banque centrale puise dans ses propres réserves en devises pour alimenter la spéculation sur les titres émis par son propre gouvernement et s'en attribue les bénéfices dans l'opacité la plus complète. Selon des sources russes, la Banque centrale aurait même transféré en 1994 l'équivalent de 1,45 milliard de dollars vers Fimaco, soit le tiers de ses réserves en devises, à la veille de l'effondrement du rouble du 14 octobre de cette année-là.

Il faut signaler enfin le rôle de l'Eurobank, anciennement dénommée Banque commerciale pour l'Europe du Nord (BCEN), un établissement obéissant à la réglementation française. Créée en 1921 par des émigrés russes, elle fut rachetée par l'URSS en 1924. Depuis cette date, elle a joué un rôle important, notamment dans le financement du commerce extérieur franco-russe, mais aussi en tant que poste d'observation privilégié du régime soviétique à l'Ouest, tout comme la Moscow Narodny Bank à Londres, créée elle aussi par des émigrés russes en 1919, puis rachetée par l'URSS. Ces établissements ont toujours opéré dans la discrétion la plus totale, notamment en ce qui concerne les services rendus à la Banque centrale de l'URSS. Le rôle de l'Eurobank et de sa filiale de Jersey dans d'éventuels détournements de fonds du FMI pourrait poser des difficultés à la France, dont les autorités de régulation sont censées surveiller de près tout ce qui pourrait s'assimiler à des opérations de blanchiment. Un sénateur, Philippe Marini, s'est même publiquement inquiété auprès de Dominique Strauss-Kahn de la nature des investigations que le gouvernement français allait mener sur les activités de l'Eurobank. « Nous souhaitons savoir si l'Eurobank a fait l'objet de missions d'inspection de la commission bancaire depuis 1990 », écrit-il notamment. L'Allemagne, elle, a eu maille à partir avec cette banque. La Deutsche Bank lui a réclamé 30 millions de dollars de dommages et intérêts pour un préjudice subi sur le marché des changes. En 1997, la Deutsche Bank et l'Eurobank ont connu cinq contrats à terme de divises pour un montant de 52 millions de dollars, sur la base du taux de change du rouble à Moscou. Mais au moment du remboursement, le 18 septembre 1998, Eurobank a retenu le dernier cours fixé avant la fermeture du marché des changes de Moscou, le 26 août, soit 7,86 roubles pour 1 dollar, alors que le cours de septembre, sur les marchés internationaux, oscillait entre 15 et 19 roubles[1]…

Dans ces conditions, on peut douter que la gestion de la crise d'août 1998 ait été réalisée avec la transparence et la rigueur nécessaires. Les mois qui suivent confirment ce soupçon. Certaines banques font faillite, en tout cas vis-à-vis de leurs clients russes (les comptes en dollars des particuliers sont évidemment gelés dès le 17 août et ces derniers ne récupéreront que des roubles, à des taux de change confiscatoires, plusieurs mois après la dévaluation) et étrangers. Un curieux ballet commence : celui des transferts d'actifs des anciennes structures vers de nouvelles créées à cet effet. Mikhaïl Khodorkovsky et Vladimir Potanine s'illustrent encore en « sécurisant »

---

1. Question écrite à Dominique Strauss-Kahn, 14 septembre 1999.

leurs actifs industriels et financiers dans des sociétés nouvelles, à l'abri des créanciers : détournements d'actifs purs et simples, doublés d'abus de biens sociaux ; délits dont apparemment la loi russe ignore encore tout. En réalité, après la faillite du pays, le « vol » continue, commis à peu près par les mêmes qu'avant. Certes, au passage, certains y laissent des plumes, mais il s'agit souvent d'opérations de façade, destinées à cacher de savantes constructions permettant d'alimenter en continu les sociétés financières étrangères dépositaires des milliards de dollars envolés.

En juin dernier, nous avons retrouvé l'un des plus proches collaborateurs de Vladimir Potanine. Dîner dans un restaurant japonais, la nouvelle coqueluche du Tout-Moscou, très cher et très mauvais… Retour sur la crise du 17 août : « Au nom de quoi les entrepreneurs auraient-ils dû renflouer leurs banques ? interroge-t-il. Potanine a dit à ses créanciers : "Vous voulez Oneximbank, prenez-la, mais il n'y a plus rien." Entre-temps, la moitié des actifs avaient été transférés à la Rosbank, créée à cet effet. » Au fond, le seul vrai prix que Vladimir Potanine et les autres « oligarches » ont payé, c'est qu'ils ont perdu pour longtemps la confiance des investisseurs, même si notre homme affirme que ces derniers ont « la mémoire courte » et qu'ils reviennent déjà à la Bourse

de Moscou. Quant à notre homme, comme beaucoup d'autres jeunes financiers, il se lance dans une
activité très rémunératrice : le rachat de créances à
bas prix...

Chapitre 6

Le grand déballage…

L'homme le plus détesté de la classe dirigeante russe s'appelle Yuri Skuratov. Jusqu'en mars dernier, il était procureur général de Russie, avant d'être démis de ses fonctions par le Kremlin, décision que la Douma a refusé d'entériner par deux fois. Il est lié avec Evgueni Primakov, ancien patron des services secrets russes, ancien ministre des Affaires étrangères de Boris Eltsine, ancien Premier ministre, nommé en août 1998, limogé en mai 1999. Et cette amitié est probablement la clé de tout. Depuis le début de l'année, Yuri Skuratov a lancé des enquêtes contre les personnages les plus « sacrés » du pays, ceux qui font partie de l'entourage même du « tsar » : Boris Bérézovsky (dont il fait perquisitionner les bureaux et contre lequel il lance même un mandat d'arrêt), Pavel

Borodine, le tout-puissant administrateur des biens du Kremlin, Boris Eltsine lui-même et ses deux filles Yelena et Tatiana. Les motifs ne manquent pas : détournement de 200 millions de dollars des comptes de la compagnie aérienne Aeroflot, dans le cas de Bérézovsky, pots-de-vin touchés par les autres de la part d'une société italienne, Mabetex, qui a rénové le palais présidentiel du Kremlin. Pourquoi cette offensive, à ce moment-là ? Pour des raisons probablement politiques. Evgueni Primakov, l'un des seuls hauts personnages russes dont le nom n'a jamais été cité dans les scandales financiers, a décidé d'engager l'offensive contre la « famille ». Au printemps, on se souvient que la Douma lance une procédure de destitution contre le président – opération qui échouera finalement au moment du vote final à la suite du retournement surprise d'un certain nombre de députés, probablement contre espèces sonnantes et trébuchantes. Primakov, avec l'aide de Skuratov, espère en finir avec les « oligarches » et l'entourage présidentiel. C'est probablement à ce moment-là que l'ancien espion commence à croire en ses chances de devenir le futur maître du pays. L'opération fait grand bruit dans la presse russe, vite relayée par la presse internationale. On tente alors les bonnes vieilles techniques de l'ex-KGB. Le procureur est filmé à son insu dans un appartement du centre de Moscou, dont les fenêtres donnent sur le Kremlin, de l'autre côté de la Moskova. Il est en compagnie de deux jeunes femmes, et la caméra filme leurs ébats passionnés. Le 17 mars, une chaîne de télévision publique diffuse des extraits du film. Le lendemain matin, la cassette est en vente libre dans toutes les stations de métro de Moscou, et Eltsine décide de démettre le procureur de ses fonctions pour « conduite immorale ». Mais la manœuvre est trop grossière et Skuratov est protégé par la majorité de la Douma. Il bénéficie également de la collaboration d'une femme de poids, Carla Del Ponte, procureur général de Suisse, qui vient d'être nommée à la tête du Tribunal pénal international. Même si Skuratov ne peut plus sortir de Russie, les investigations continuent en Suisse.

Elles ont même connu des développements spectaculaires en août et en septembre de cette année. Une soixantaine de hautes personnalités russes sont soupçonnées d'être titulaires de comptes en Suisse. Certains de ces comptes sont gelés, dont ceux de deux sociétés de Lausanne, Andava et Forus, qui auraient appartenu, jusqu'à une date très récente, à Boris Bérézovsky. Ces « coquilles » financières auraient notamment servi à recycler des fonds d'Aeroflot et d'Avtovaz. Les enquêteurs mettent en cause Pavel Borodine, sa femme et ses deux filles, ainsi que Oleg Soskovets, ancien secrétaire général du Kremlin et directeur de la campagne présidentielle d'Eltsine en 1996, l'une des grandes figures du complexe militaro-industriel russe, et naturellement le président russe et ses filles. Au centre de l'enquête figure un personnage haut en couleur, Behgjet Pacolli, un Kosovar de 48 ans, proche de la famille Milosevic, notamment du frère du président yougoslave, riche homme d'affaires et ambassadeur de son pays en Russie, une figure du Tout-Moscou. Pacolli dirige la société de construction Mabetex, basée en Suisse, à Lugano. Elle a conduit effectivement la réfection du Kremlin. Elle aurait payé des commissions, ouvert des comptes en Suisse et à Budapest, fourni des cartes de crédit à Eltsine et à ses filles. En réalité, cette affaire est une broutille. On parle de 2 ou 3 millions de dollars, à peine. Certes, elle révèle que le sommet de l'État russe est lui aussi atteint par la corruption, mais en comparaison des sommes « détournées » par certains chefs d'État africains ou asiatiques, les montants dont on parle sont à peine dignes d'un fonctionnaire des douanes ou d'un cadre supérieur de la Banque centrale. Il y a forcément autre chose, plus important, plus compromettant encore, qui pourrait ruiner définitivement le crédit de Boris Eltsine en tant que chef d'État. Cette « autre chose », les enquêteurs russes n'ont probablement pas les moyens de la mettre au jour. Au début de septembre, le domicile moscovite de

Yuri Skuratov ainsi que sa *datcha* ont été « visités » par la police sans luxe de précautions. Le Kremlin se protège et le fait que les deux Premiers ministres qui ont succédé à Primakov, Serguei Stepashine et Vladimir Poutine, soient tous deux les anciens patrons des services secrets russes n'est certainement pas un hasard.

En réalité, la grande affaire est celle à laquelle nous faisions allusion au début de ce livre, révélée par le *New York Times* du 19 août dernier et qui met en cause la Bank of New York. Elle résume à elle seule le pillage que nous avons décrit dans les chapitres précédents. Elle révèle la construction financière qui a ruiné la Russie depuis dix ans et confirme les soupçons de la communauté financière internationale sur les coulisses de la crise financière d'août 1998. De quoi s'agit-il en fait ?

Comme dans tout bon roman d'espionnage, cela commence par une jeune femme, Natasha Gurfinkel, 44 ans, née à Saint-Pétersbourg, diplômée d'études orientales de l'université d'État de Leningrad. Elle émigre aux États-Unis en 1979, fréquente l'université de Princeton et entre en 1986 chez Irving Bank Corp., rachetée par la Bank of New York en 1988. En 1992, elle prend la tête des activités de la banque en Europe de l'Est – avec un succès certain : la Bank of New York sera l'une des banques américaines les plus actives en Russie. A cette époque, elle rencontre, à

Washington, le représentant de la Russie au FMI, Konstantin Kagalovsky. Ils se marient en 1994. Un an plus tard, Kagalovsky quitte le FMI et part seul à Moscou où il devient vice-président de la banque Menatep, dirigée par un personnage familier, Mikhaïl Khodorkovsky… Les liens entre la Bank of New York et Menatep s'intensifient. Le processus reste très classique. Le marché russe offre alors de réelles opportunités de profits pour les banques étrangères, et Natasha Kagalovska fait figure de pionnière dans la banque américaine où chacun loue son énergie, son talent et son charisme. Entre le début de 1998 et le mois de mars dernier, 10 à 15 milliards de dollars en provenance de Russie ou de sociétés appartenant à des hommes d'affaires russes transiteront dans les livres de la Bank of New York à l'occasion de dizaines de milliers d'opérations. Les autorités américaines, qui surveillent de près les activités de la mafia russe sur leur territoire et notamment ses opérations financières, interviennent. La Bank of New York suspend Natasha Kagalovska, tout en admettant qu'en l'état actuel de l'enquête elle n'a rien à lui reprocher.

La question est de savoir d'où vient exactement cet argent. Le FBI et la CIA affirment qu'une partie des fonds provient d'une société britannique, Benex, qui servirait de société écran à Sémion Mogilevich, un Ukrainien de 53 ans que les services de renseignement occidentaux considèrent comme l'un des mafieux les plus puissants du moment, ce dont il se défend avec la plus grande énergie. Nous serions en présence d'une affaire de blanchiment d'argent de la prostitution, du racket et du trafic d'armes, les activités supposées de Mogilevich. Il aurait notamment fait fortune en vendant dans quelques pays du Moyen-Orient et d'Afrique des armes provenant des troupes russes stationnées en ex-RDA, avec la complicité d'officiers supérieurs de l'armée russe. Aussi influent qu'il soit censé être, le problème est que ce dernier n'est certainement pas en mesure de disposer de dizaines de milliards de dollars de liquidités. Certes, l'homme est habile. Il a expérimenté plusieurs voies classiques de blanchiment, y compris celle utilisée de plus en plus par la jeune génération de « bandits » : acheter une entreprise américaine moyenne, en l'occurrence YBM Magnex, y insuffler des liquidités provenant d'un paradis fiscal quelconque, doper son chiffre d'affaires en inventant des clients, la faire coter en Bourse (il projetait même de la faire coter au Nasdaq) et revendre ses actions. La « machine à laver » parfaite… pour 100 ou 200 millions de dollars, mais certainement pas pour 15 milliards.

Dans une longue enquête publiée le 16 septembre dernier, le *Wall Street Journal* décrit le système finalement assez primaire mis en place par Peter Berlin et

Alexsei Volkoff, deux jeunes Russes arrivés aux États-Unis en 1990. Un simple bureau, deux ordinateurs, des connexions avec les entrepreneurs russes ont suffi à mettre en place un système de transfert d'argent de Russie vers les États-Unis et probablement vers quelques paradis fiscaux. Les sommes proviennent d'innombrables sources, mais le schéma est à peu près le même. Des entreprises russes exportatrices, soucieuses de s'abriter de la réglementation tatillonne de leur pays d'origine et de préserver leurs profits de l'administration fiscale, ont fait transiter au moins 6 milliards de dollars par Benex depuis 1996, selon les enquêteurs américains. Berlin et Volkoff apparaissent comme de simples relais des hommes d'affaires russes. Leur profil est plutôt modeste, ils ne mènent pas grand train. Leur talent est surtout d'avoir mis en place un système simple d'accès et d'utilisation. Ces pratiques sont clairement en dehors de la législation russe, mais il n'est pas certain qu'elles constituent à proprement parler des activités de blanchiment.

Il est probable que dans les semaines qui viennent d'autres affaires de ce genre vont apparaître, mettant en cause d'autres grandes banques internationales. Toutes se livrent d'ailleurs à des enquêtes internes pour recenser leurs clients russes et les mouvements de fonds qui ont transité dans leurs comptes depuis des entreprises ou des banques russes. Ainsi, la banque britannique Barclays a annoncé en septembre la fermeture de nombreux comptes dont les titulaires étaient des particuliers ou des entrepreneurs russes. On se doute de la complexité de la tâche qui attend ces banques. Il faut rappeler que, depuis une dizaine d'années, ce sont de 150 à 200 milliards de dollars qui ont quitté la Russie et ont forcément transité par des banques étrangères.

Mais les sommes évoquées dans le cas de la Bank of New York et les premiers résultats des enquêtes menées aux États-Unis et en Russie font apparaître un autre soupçon. La coïncidence des dates est troublante. L'afflux de liquidités à la Bank of New York correspond à la montée en puissance de la crise des GKO, entre janvier et août 1998. On se souvient que, dans les deux ou trois semaines qui précèdent la dévaluation du 17 août, près de 5 milliards de dollars du FMI ont été consacrés à la « défense » du rouble, affaibli par les sorties de capitaux en dollars. Il est donc tout à fait plausible que des « initiés », avertis de l'imminence de la dévaluation du rouble, aient liquidé leurs portefeuilles et transféré les capitaux aux États-Unis, par l'intermédiaire de la société Benex (dont le dirigeant, Peter Berlin, d'origine russe, est l'époux de Ludmilla Pritzker, native elle aussi de Saint-Pétersbourg, l'une des responsables de la Bank of New York à Londres). C'est en tout cas ce qu'affirmait, à la fin du mois d'août dernier dans des conversations téléphoniques avec des journalistes russes et américains, Mikhaïl Khodorkovsky, le président de la banque Menatep. Si cette hypothèse se confirmait, ce serait une nouvelle victoire pour Yuri Skuratov qui avait commencé à enquêter sur les agissements de huit cents hauts fonctionnaires et membres du gouvernement sur le marché des GKO.

Dans une récente interview au journal russe *Moscow Times*, Skuratov affirme même que 4 milliards de dollars de l'argent du FMI ne sont même jamais entrés en Russie mais ont été immédiatement vendus par la Banque centrale russe à dix-huit banques privées, russes et étrangères, dans les trois semaines précédant la dévaluation du 17 août. Ces dernières auraient fait transférer ces sommes sur leurs comptes à la Bank of New York. Ainsi, seuls 470 millions de dollars auraient réellement servi à soutenir le rouble. Parmi les banques incriminées, on trouve évidemment le gratin de la banque russe, notamment Oneximbank et SBS-Agro, qui font partie de l'empire Bérézovsky. Ces opérations auraient été réalisées dans les soixante-douze heures suivant le versement des fonds par le FMI. A entendre les enquêteurs américains, l'affaire ne fait que commencer. Si les investigations vont jusqu'au bout, si elles mettent en évidence, comme le soutiennent certains à Washington et à Moscou, que les dirigeants russes ont détourné à leur profit des fonds que le FMI destinait à la stabilisation de la situation financière russe, les conséquences en seront incalculables. C'est l'ensemble des aides financières accordées à la Russie depuis 1992 qui seront alors suspectes, celles du FMI (environ 20 milliards de dollars) [1], mais aussi les aides alimentaires, qui font l'objet de plusieurs enquêtes, et les prêts de la Banque mondiale. Ce sera aussi la fin d'une fiction, celle entretenue par une certaine élite russe qui prétendait sortir son pays du communisme en l'ouvrant à l'économie de marché et à la modernité et qui aura fini par le ruiner.

---

1. Le FMI a demandé un audit sur l'utilisation de la tranche de juillet 1998. Cet audit n'a pas rapporté la preuve d'un « détournement » proprement dit.

Où va la Russie ?

Le spectacle qu'offre la Russie à l'automne 1999 est celui d'un pays en miettes, livré aux appétits de ceux qui veulent le confisquer à leur profit, et déstabilisé par un conflit ouvert dans le Caucase, dont les origines donnent lieu aux hypothèses les plus folles.

Il faut bien comprendre que, aujourd'hui, la question de la succession de Boris Eltsine à la tête de l'État est la seule qui compte. L'énergie de tous ceux qui gravitent autour du pouvoir n'est consacrée qu'à la mise en place des réseaux et des financements destinés à faciliter leur accession au pouvoir. Moscou est la ville de toutes les rumeurs. Les dossiers les plus compromettants circulent ouvertement sur les candidats déclarés ou non à l'élection présidentielle. Les officines spécialisées, dirigées en général par d'an-

ciens du KGB, alimentent la presse en « révélations »
de toute nature. Le FSB n'est pas en reste, d'autant
que son ancien patron n'est autre que le Premier
ministre actuel.

Le problème le plus aigu est bien sûr celui du
financement des deux prochaines campagnes électorales : celles des législatives, en décembre, et de la
présidenticlle, en juin 2000. On estime que ces campagnes représentent pour les grands partis et leurs
candidats une mise de fonds de l'ordre de 150 à
200 millions de dollars. Aujourd'hui, deux clans s'af-
frontent ouvertement pour la conquête du pouvoir :
celui de Boris Eltsine et celui d'Evgueni Primakov et
Yuri Loujkov, associés depuis l'été dernier.

L'âme du premier demeure Boris Bérézovsky.
Celui que les Russes nomment « le nouveau Raspou-
tine » est l'un des personnages russes les plus intri-
guants de l'histoire moderne. Il fait partie des
« oligarches » et a bâti sa fortune sur le même modèle
que les autres et selon les méthodes que nous avons
décrites. Mais il a joué un rôle politique majeur au
côté de Boris Eltsine, notamment pour les questions
liées à la sécurité de la Fédération. Son rôle dans la
guerre en Tchétchénie est trouble. Il détient des intérêts dans cette région, notamment dans le pétrole. (A
l'époque, la presse russe a souvent noté que les des-
tructions opérées dans la région de Grozny, la capi-

tale tchétchène, ont toujours épargné les installations pétrolières de Bérézovsky.) Il a participé à la « reconstruction » du pays, qui a englouti, comme nous l'avons dit, plus de 4 milliards de dollars, sans que les résultats sur place soient très spectaculaires. Au passage, la société Mabetex a participé à cette reconstruction.

Le problème se complique encore un peu lorsque l'on sait que la Tchétchénie est une plaque tournante du trafic de drogue en Russie. Elle l'a d'ailleurs toujours été, notamment à la fin des années 80, lorsque des filières allant de la Birmanie jusqu'au port de Vladivostok se sont mises en place, transitant par les bases navales ex-soviétiques du Vietnam. La rumeur moscovite affirme même que les environs de Grozny abritent une raffinerie d'héroïne d'une capacité de « production » de 3 tonnes par an. Tout ce qui touche à la Tchétchénie est donc d'une extrême sensibilité. Et il faut s'attendre que le conflit du Daghestan et les attentats terroristes qui ont frappé certaines villes russes donnent lieu à de fracassantes « révélations » au cours de la campagne électorale, dont il sera bien difficile de vérifier l'authenticité.

Toujours est-il que Boris Bérézovsky ne peut en aucun cas accepter qu'un clan hostile à ses intérêts s'installe au Kremlin et entreprenne d'enquêter sur ses activités financières et politiques. Il dispose d'alliés fidèles au sein même du gouvernement russe, notamment en la personne de Nikolaï Aksionenko, obscur ministre des Chemins de fer, promu premier vice-Premier ministre en mai 1999 (Aksionenko s'est illustré en tant que ministre des Chemins de fer en créant lui aussi une filiale financière en Suisse, qui « stocke » sur place les revenus du trafic de fret international, ce qui ne manque pas de sel lorsque l'on connaît l'état du transport ferroviaire en Russie et le manque criant d'investissements...).

A quelques signes clairs, on voit que le clan Eltsine se prépare à « sécuriser » le financement des campagnes politiques. Ainsi, le 13 septembre dernier, le gouvernement décide de limoger, en quelques heures, le patron de la société publique Transneft qui détient le monopole du transport du pétrole en Russie. Aksionenko, seul aux commandes du gouvernement (le Premier ministre, Vladimir Poutine, est alors en voyage en Nouvelle-Zélande), nomme à ce poste le vice-président du groupe pétrolier Lukhoil. Saveliev tente de résister, refuse de quitter son poste jusqu'au 16 septembre, lorsque, à 7 heures du matin, trois cents membres des forces spéciales investissent les bureaux de Transneft et expulsent *manu militari* les anciens dirigeants pour y installer les nouveaux. Pourquoi tant de passion concernant une société d'oléoduc ? Tout simplement parce que c'est l'une des « caisses noires » du gouvernement. Transneft facture très cher l'utilisation de son réseau (par ailleurs dans un état déplorable) aux compagnies pétrolières russes. Elle a réalisé en 1998 un bénéfice déclaré de 450 millions de dollars... « C'est la veille des élections. Un formidable combat est en cours entre les grands groupes oligarchiques pour le contrôle des monopoles naturels où il y a encore des ressources financières stables », commente, lucide, Dimitri Saveliev, dans une interview publiée le 17 septembre dans *Le Figaro*.

Autre signe, la bataille autour de Gazprom, le plus important « monopole naturel » du pays, son plus important pourvoyeur en devises, dont le chiffre d'affaires annuel (10 milliards de dollars) représente le tiers du budget de l'État. A la fin du mois d'août, le Kremlin décide de renforcer son influence dans cette entreprise, dont il détient encore un peu plus de 38 % du capital, voire de remplacer son dirigeant, Rem Viyakhirev. En même temps, la police fiscale multiplie les « raids » contre Gazprom, allant jusqu'à perquisitionner dans ses bureaux ultramodernes de Moscou et dans certaines des entreprises qui lui sont liées. Il faut dire que Gazprom a commis un crime de lèse-majesté en offrant sa garantie financière au groupe de média Most, qui contrôle notamment la chaîne de télévision privée NTV, dont Gazprom détient déjà 30 % du capital. Or cette chaîne ne ménage pas ses critiques contre le pouvoir, ce qui est tout à fait inacceptable pour la « famille ». L'opération n'a pas connu le succès escompté. Le 26 août dernier, le gouvernement n'a obtenu que la possibilité de nommer un cinquième administrateur au conseil de l'entreprise, qui en comporte onze. Nul doute cependant que la pression du pouvoir va s'accentuer pour avoir accès aux ressources financières de Gazprom.

Enfin, les privatisations pourraient offrir des sources de financement supplémentaires. Le gouvernement vient d'annoncer la mise aux enchères de 9 % du capital de la compagnie pétrolière Lukhoil, au prix minimal de 200 millions de dollars, une évaluation plutôt « conservatrice » pour une entreprise dont la valeur réelle se situe aux alentours de 10 milliards de dollars. L'identité de l'acquéreur donnera une précieuse indication sur le « clan » qu'il financera.

Les scandales financiers peuvent-ils modifier le déroulement des prochaines échéances ? C'est une question à laquelle il est encore difficile de répondre. L'affaire de la Bank of New York et ses prolongements ont néanmoins modifié le climat chez les bailleurs de fonds de la Russie. Floués dans des proportions qu'ils ne soupçonnaient pas, ils ont multiplié les mises en garde. Madeleine Albright, la secrétaire d'État américaine, dans un discours remarqué prononcé aux États-Unis le 16 septembre dernier, a fortement incité le gouvernement russe à s'impliquer massivement dans les enquêtes en cours sur la corruption et le blanchiment d'argent. En matière diplomatique, de tels avertissements sont plutôt rares. La menace est clairement brandie : sans «nettoyage» dans les milieux d'affaires et politiques, pas d'argent américain en Russie. Michel Camdessus, le directeur général du FMI, est sur la même ligne : sans nouveaux garde-fous quant à l'utilisation de l'argent du Fonds, pas de crédits nouveaux. Pour l'heure, il réaffirme qu'aucune preuve n'a encore été apportée de détournements de cet argent, mais la tranche de 4,5 milliards de dollars, débloquée en juillet dernier, restera entre les mains du FMI et ne sera pas transférée à la Banque centrale de Russie ou au ministère des Finances. Ce qui est une indication de la méfiance ambiante. Le gouvernement russe affecte de ne pas se laisser impressionner par ces mises en garde, dont il fait une grande utilisation en politique intérieure sur le thème du «complot» américain contre la Russie. Mais le pouvoir sait que sa marge de manœuvre est limitée et que la fin de l'«âge d'or» est imminente. Certains vont même, dans les milieux proches du gouvernement, jusqu'à accréditer la thèse d'une démission de Boris Eltsine avant l'élection présidentielle comme un indice donné à la communauté internationale de la volonté de la Russie d'en finir avec les mauvaises habitudes. Même si cette hypothèse est improbable, le fait qu'elle circule est le signe que, dans certains milieux politiques russes, la détermination est grande pour modifier en profondeur les règles du jeu financier.

Les Russes ne méritaient pas un tel traitement. Sortir de soixante-dix ans de communisme pour devenir les témoins impuissants de telles dérives est une expérience douloureuse, qui laissera des traces. Les dizaines de millions de citoyens de la Fédération, qui depuis dix ans guettent, sans les apercevoir, les fruits de la démocratie, ont été floués comme les dizaines de milliers de salariés des entreprises contrôlées par les « oligarches », qui ont perdu leur emploi. Les professeurs, les chercheurs, les fonctionnaires, les retraités qui attendent pendant des mois le paiement de leurs salaires ou de leurs pensions ne méritaient pas le sort que la Nouvelle Russie leur a fait. Pas plus que les membres de la nouvelle « classe moyenne », salariés et cadres du privé, dont les carrières ont été brutalement interrompues à la suite de la crise de l'année dernière. Les authentiques réformateurs, ceux qui comme Grigor Yavlinsky et quelques autres n'ont jamais cessé de dénoncer la dérive mafieuse, auraient mérité davantage de soutien de la part de l'opinion publique russe et des bailleurs de fonds occidentaux.

Ce pays est imprévisible. Il n'est pas impossible qu'une fois Eltsine parti, les nouveaux maîtres de la Russie changent profondément les règles du jeu. Pour l'heure, deux hommes tiennent la corde : Evgueni Primakov, l'ancien Premier ministre, et Yuri Loujkov, le maire de Moscou. Ils sont associés dans une formation politique baptisée la Patrie-Toute la Russie qui entend bien emporter les prochaines élections législatives du 19 décembre prochain. L'un ou l'autre sera candidat à l'élection présidentielle de juin 2000 et, si leur association tient jusque-là, ils pourraient bien former un « ticket » gagnant. Leur programme économique n'a strictement aucune importance. Ils ne remettront pas en cause l'économie de marché et les privatisations. Mais ils seront jugés par leurs concitoyens et la communauté internationale sur leur capacité à restaurer un État de droit et à rétablir un minimum de morale publique. Certes, Yuri Loujkov n'est pas un saint. La façon dont il s'est assuré la mainmise économique et financière sur la ville de Moscou, notamment au travers d'une société holding baptisée Systema, qui contrôle peu ou prou tout ce que la capitale compte d'entreprises industrielles, d'hôtels, de sociétés commerciales, de centres d'affaires ou de restaurants de luxe – au total plus de 3 milliards de dollars d'actifs –, est fortement contestable. Le soutien plus ou moins officiel que lui apporteraient des groupes mafieux de la capitale n'est pas rassurant, loin s'en faut. Le fait même que, près de dix ans après l'éclatement de l'URSS, le pays envisage de confier son avenir à deux hommes qui ont grandi et fait carrière au sein du Parti communiste de l'Union soviétique, n'est pas complètement satisfaisant. Mais ils ne doivent ce statut qu'aux erreurs, aux outrances de la jeune garde réformatrice et à l'aveuglement d'un vieux chef, momifié dans un rôle de « tsar », inconséquent et solitaire.

A court terme, d'ici aux prochaines échéances électorales, les « dossiers » continueront de sortir sur des sujets douloureux, comme la disparition des fonds destinés à la reconstruction de la Tchétchénie. Les « oligarches » tenteront de se refaire une santé et une virginité. Certains y parviendront probablement, car ils contrôlent une bonne partie de l'industrie pétrolière. A long terme, la Russie ne pourra redécoller que si elle retrouve la confiance des investisseurs étrangers et des bailleurs de fonds. Et à condition que la priorité soit donnée à l'économie réelle et à l'investissement direct. Restera alors une question clé : le sort des 150 ou 200 milliards de dollars qui ont quitté la Russie depuis une dizaine d'années. Ce n'est que si une partie de cet argent revient s'investir dans le pays d'où il s'est échappé que la Russie retrouvera confiance en elle-même.

Table

RÉALISATION : PAO ÉDITIONS DU SEUIL
BUSSIÈRE CAMEDAN IMPRIMERIES À SAINT-AMAND (CHER)
DÉPÔT LÉGAL : NOVEMBRE 1999. Nº 38070 (994557/1)